零点超人

1

毫无超能力的小孩

〔美〕R.L. 乌尔曼 著　李镭 译

湖南少年儿童出版社 · 长沙
HUNAN JUVENILE & CHILDREN'S PUBLISHING HOUSE

版权所有　侵权必究

著作权合同登记号：字18-2024-116

图书在版编目（CIP）数据

零点超人. 1, 毫无超能力的小孩 / (美) R.L.乌尔曼 著；李镭译. -- 长沙：湖南少年儿童出版社，2024.5

ISBN 978-7-5562-7662-2

Ⅰ.①零… Ⅱ.①R… ②李… Ⅲ.①儿童小说－幻想小说－美国－现代 Ⅳ.①I712.84

中国国家版本馆CIP数据核字(2024)第107647号

LINGDIANCHAOREN 1 HAO WU CHAONENGLI DE XIAOHAI

零点超人 1 毫无超能力的小孩

[美] R.L. 乌尔曼 著　　李镭 译

责任编辑：徐强平　段健蓉
装帧设计：曹希予

出版人：刘星保
出版发行：湖南少年儿童出版社
社址：湖南省长沙市晚报大道89号　　　　邮编：410016
电话：0731-82196330（办公室）
常年法律顾问：湖南崇民律师事务所　　　柳成柱律师

经销：新华书店　　印刷：湖南天闻新华印务有限公司
印张：6.25　　　　字数：115千字
开本：880 mm×1230 mm　1/32
版次：2024年5月第1版
印次：2024年5月第1次印刷
定价：102.00元（3册）

质量服务承诺：若发现缺页、错页、倒装等印装质量问题，可直接向天使文化调换。
读者服务电话：0731-82230623
盗版举报电话：0731-82230623

★ ★ ★

致马修和奥利维娅

永远不要停止翱翔

目录

· 第一章 ·

我恨我的生日
以及我为什么恨我的生日

闹钟发出报丧女妖一样的尖叫，但我已经清醒好几个小时了。我继续把头搁在枕头上，用一个熟练的空手道动作让闹钟恢复沉默。我知道已经耽误了不少时间，现在我要做的是看看自己有没有在一夜之间获得什么超能力——就像我记忆中每一个生日都会做的那样。于是，我深吸一口气，开始了标准的测试程序。

紧紧闭上双眼，然后用尽全力把眼睛睁大——没有高热能流和脉冲光束射出来。**能量操纵——无。**

活动手指和脚趾，寻找在血管中流动的神秘力量。**魔法——没有。**

试着回忆上个星期的初级代数作业。记不起来——太让人沮丧了，我只能想起自己第一次考了个 C。**超级智力——够呛。**

仔仔细细地把头、躯干和手脚都摸了一遍。没有长角、尾巴或额外附属物的迹象。**变身体征——没找到。**

我坐起身，从床边的一个罐子里抓出三个网球，开始玩杂耍。球在空中只停留了三秒钟，然后全都落在地上，蹦蹦跳跳地溜走了。手眼协调能力依旧低下，没任何改善。**超级速度——看不出来。**

我下了床，走到衣柜前，伸手到衣柜下面。衣柜里面装满了衣服，可能有五百多磅重。我数到三，用尽全力想把它举起来。衣柜纹丝不动，我却好像把腰闪了。**超级体能——**

没戏。

我又跳上床，像超人一样伸展手臂，想冲到房间的另一头，结果重重地摔在地板上，肚子里的气全都被挤了出来。我提醒自己，明年可以试试另一种方式——从地上跳到床上。**飞行——放弃。**

还有一个。

我闭上眼睛，集中精力去感受周围人的思维。这时我听到一阵敲门声，然后——

"艾略特·哈克尼斯，快起床，你这废物！上学要迟到了！"门外是我的姐姐格蕾丝。我没有读心术。**精神力量——别想了。**

八项超能力，一项都没有。我又大了一岁，又经历了一次史诗性的失败。

我从地板上起来，套上几件衣服，拖着沉重的脚步走进洗手间，站在镜子前。镜子里，不起眼的我正盯着自己——又矮又瘦，一头褐色头发，一双深褐色的眼睛。我看起来太小，不像十二岁；太普通，不像受欢迎的超级英雄；太平凡，一点也不像能显示奇迹的样子。

要知道，我属于一个超级英雄家庭。我的家人都是自由力量的成员。这是一支非凡的团队，能够加入其中的都是最伟大的英雄。这些超能力英雄被人们称为"奇迹者"或者"超能者"，无论其是人类、动物还是植物——不要笑，这种事情真的发生过。

奇迹能力有八种类型：能量操纵、飞行、魔法、变身、精神力量、超级智力、超级速度和超级体能。此外，每种奇迹能力还分为三个等级：第一等级是有限奇迹能力，第二等级是强大奇迹能力，第三等级是极限奇迹能力。如果你没有任何奇迹能力，那么你会被称为零奇迹者，简称为"零"，说白了，就是普通人。

就像我一样。

我关掉房间里的灯，朝餐厅走去。在上学前，我有十五分钟的时间把早饭塞进肚子里。一进餐厅，我就发现我的超级家人们全都在他们平时最喜欢的位置上。

妈妈靠着冰箱，双臂交叉在胸前，两道眉毛挤在一起，盯着远处正在"自动"打包的三明治——很快那些三明治就会飞进我们的午餐袋子里。你一定看出来了，我妈妈拥有超级精神力量，而且是第三等级。她的称号是"洞察女士"，能力包括心灵遥控，就是只要想一想就能移动东西；还有心灵感应，所以她能读出别人的想法。

你一定能够想象，有一个能读心的妈妈是一种多么严峻的挑战！她总是说她只有在履行职责的时候才会使用超能力，但如果真是那样，我肯定不可能在她那里遇到那么多麻烦！我没有读心术，不过我很怀疑她没说实话。

就像大多数早晨一样，妈妈已经穿好了英雄制服，正等着看有什么邪恶的东西会在今天冒出头来。她身穿黑色紧身服，戴着面具，这样能够让她很方便地融入阴影中，神不知鬼不觉地使用致命的力量。她的超级英雄记号看上去像是一只很大的眼睛，这不只能吓唬坏人——如果你懒得把牛奶从纸盒里倒进杯子里，想要就着盒子口直接喝，那么她的能力会让你多想一想，自己可能得到一个什么样的下场！

爸爸已经吃完了早餐，正在熨烫他的斗篷。每次一看到他，你对法律和秩序的认知就会提升一个层次。从法律角度讲，他是自由力量的指挥官，称号是"正义队长"。他拥有第三等级的超级体能，超高的肌肉密度让他简直是刀枪不入。你要是看到子弹在他身上蹦蹦跳跳的样子，就知道他有多厉害了！

不过他在生活中还有着另外一面，那就是非常喜爱整齐干净。他的红蓝白三色制服必须被熨烫得平平整整，胸前那枚代表正义的金色徽章绝对要洁净无瑕，绝不能有半点灰尘和污渍。在这方面，他已经严苛到了痴迷的程度，他甚至会举起我的家具，只为了清理最后一点灰尘！每到这个时候我就会想：拜托！有谁赶快犯个罪，别让他继续在家里胡搞了！

格蕾丝是我十四岁的姐姐。她正坐在凳子上，一心一意地崇拜镜子中的自己。她是一名第二等级的飞行者，不过爸妈都认为她的力量最终会达到第三等级。她还在学习成为一名英雄，不过最近她似乎对成为国际名人更有兴趣。她选择英雄称号的时候，我给她的建议是"自以为是的小妞"。她根本没理我，给自己起了个"荣耀少女"的称号。荣耀少女？真的？行行好，还是好好照照镜子吧！

"早上好，艾略特。"妈妈说道。

"早上好。"打过招呼，我等待着妈妈对今天这个特殊的日子说些什么，但什么都没有。

我知道，我的家庭生活听起来应该充满特别的魅力，但相信我，实际上根本就不是。和做大事的人生活在一起，就必须容忍一些不容忽视的缺点。其中第一条就是，尽管超级英雄们真的擅长做很多伟大的事，比如挫败邪恶势力，但他们真的在一些小事上做得非常糟糕。

比如，记得孩子的生日。

我从食品柜里随便拿了根燕麦棒。

"不饿吗，就吃这么点？"妈妈问我。

"是的，"我说，"不太饿。"

"天哪，格蕾丝，"爸爸说，"看样子，你上早报了。"

"我？"格蕾丝兴奋地尖叫起来。

"当然是你。"爸爸说，"看，就在头条。"

格蕾丝抓过报纸，立刻读了起来："'最新的超能力之星再次立下大功！'哦，我看上去真漂亮！我的制服是不是很新潮？"她把报纸转过来，让全家人都能看到印在头版上的她的照片。照片里，她穿着荣耀少女的制服，脚下踩着一个昏过去了的超级恶棍。我认识那家伙，他的外号是"灾祸跳蚤"。

格蕾丝的制服是一身红色紧身衣，上衣和裤子上有白色的流星，背后的斗篷在风中高高飘扬。说实话，她看上去真的是英姿飒爽。不过我可不打算这样告诉她。

"看起来，人们已经开始注意到你的能力了。"爸爸说。

"也许正义队长可以把自己的制服挂起来了。"妈妈开玩笑地说。

"你也许是对的，亲爱的。"爸爸转向妈妈，"也许我应该找一座远离城市的城堡，在那里安静地打发掉我的黄金岁月。"

"说得有道理，爸爸。"格蕾丝翻了翻眼珠，"我可以给青草超人疗养院打个电话，看看他们是不是已经给你准备好了床位。希望你喜欢西米露。"

"自从食尸鬼美食家在年度面具大奖上想给我的甜点下毒之后，我就再没吃过西米露了。"爸爸说，"不过，这说不定能让我再披着披风多战斗几年。"

"就知道你会这么说。"格蕾丝回应道，"说到披风，我一直在考虑要不要彻底改变一下我的英雄形象。也许我应该找一些赞助商，把他们的商标印在我的衣服上，知道吗，就像体育明星那样。你觉得我是不是还需要一个经纪人？"

"格蕾丝，你知道我们的事业不是为了挣钱。"爸爸说。

"好啦！"格蕾丝喊道，"难道我们就不能有一些劳务津贴吗？而且我们一直都是 24 小时值班呢！"

就在这时，我的手机在衣兜里振动了一下——是技术霸主给我发了信息。

> **技术霸主** 小影在任务室吐了。你现在能来清理一下吗？

小影是我们的德国牧羊犬，它有隐形的能力。前一秒钟，它还坐在你面前，用一双大眼睛可怜兮兮地盯着你，仿佛在向你讨要一根肉骨头，但下一秒钟，它就不见了。每次它使用超能力的时候，似乎都有食物不翼而飞。我猜它曾经不止一次在人们眼前偷走他们的早餐。

给小影清理烂摊子已经够糟糕了，现在还要在生日这天干这件事，这实在是一种残酷又特别的惩罚。养狗是一个巨大的错误，我真应该养一条奇迹鱼。

我离开餐厅，朝西侧的楼梯间走去。我的运动鞋在五十五级台阶和五个楼梯平台上留下了一连串回音。哦，我也许应该提一下，我的家有些不寻常。我们住在外太空的一颗卫星上，我们都管这里叫"原点"。它是自由力量的总部，也是我们团队中大多数成员的家。

你也许会觉得奇怪，我们为什么会住到那上面去？嗯，可以说，我们的事业实在太成功了，有不少人一心只想找到我们家门口，和我们算账。实际上，几年前杀戮小队就冲进了我们旧总部的大门——那时候我们还住在地球上。他们差一点就要了我们的命。这就是我们搬到原点来的原因。在这里，别人想要摸上来可就没那么容易了。

我先来到储物柜前，拿了拖把、水桶和消毒剂——我爸爸是细菌恐惧症深度患者。根据我对小影的了解，我也许要多待上一段时间，等到那条狗吐出来的东西完全脱离隐形状态。不管怎样，光是拿到所有清洁工具，我就用了一段时间——好像有人特意把它们都藏起来了。

终于，我找齐了工具，来到任务室，打开门。

"生日快乐！"

拖把、水桶哐当一下落在了地上。

我吓了一大跳：爸爸、妈妈、格蕾丝、暗影鹰、技术霸主、蓝闪电和哑剧大师——自由力量的全部成员都站在我面前。

"生日快乐，艾略特。"妈妈说。

"出……出什么事了？"我结结巴巴地说。

"我把你骗住了，是不是？"技术霸主坐在爸爸的肩膀上，捋着胡子，雪白尖俏的小脸上满是得意的神色。

"小影呢？"我问。

"它很好。"爸爸说。这时那条狗从会议圆桌下面冒了出来，飞快地摆动着它的尾巴梢——那根尾巴一秒钟内大概就来回晃了上百公里。我发誓，它一定在笑。

"你不会以为我们把你的生日忘了吧，你会吗？"妈妈问我。

我耸耸肩："嗯……"

"我们能不能赶快把该做的事做完？"格蕾丝嘟囔道。

"格蕾丝，别这样。"爸爸说，"今天是属于你弟弟的。"

这时，哑剧大师用他的魔法变出了一根巨大的紫色手指。这根手指凭空一挥，房间里的灯全都熄灭了。妈妈捧过来一个大蛋糕，上面点着十二根蜡烛，大家开始唱生日快乐歌。当然，哑剧大师和小影除外。

"许个愿吧。"妈妈说。

我闭上眼睛，深吸一口气……

"警报！警报！警报！"超能力监控系统的警报声在原点各处响起，"等级二干扰。能量信号识别：爬虫人。警报！警报！警报！"

还没等屋里的灯光重新亮起，自由力量已经开始行动了。蓝闪电和哑剧大师不见了踪影。我只看到技术霸主火箭背包的火焰和暗影鹰斗篷的一抹黑色，随后他们也从房间里消失了。爸爸和格蕾丝同样在沉默中离开了房间。只有我和妈妈在一起，她还端着我的蛋糕。

"艾略特，"她说，"我真的很抱歉。"她的眼神看起来很悲伤，但她的身体却向门口凑了过去。我能看出来，她同样想离开。

"没关系。"我说，"去吧，有人需要你。"

妈妈抚摸了一下我的面颊："我的孩子长大了。"

我从她的手中接过蛋糕："没错。不要忘了，爬虫人有等级二的超级体能，还有等级一的精神力量，不过他还没有表现出任何心灵遥控的迹象。"

"感谢提醒。"妈妈说，"上学不要迟到。"然后她冲我眨眨眼，也离开了我。

我低头看着还在蛋糕上闪动的蜡烛。我还没有许愿，不过这也不重要。

我还是一个"零"。

奇迹档案

正义队长

姓名：汤姆·哈克尼斯	身高：1.9米
种群：人类	体重：100千克
身份 / 状态：英雄 / 活跃	眼睛 / 头发：蓝色 / 金色

奇迹等级三 / 超级体能	能力评分	
极限力量	战斗力 95	
极限坚不可摧	耐受力 96	领导力 100
极限跳跃能力	策略 94	意志力 91

第二章

我好像是一个
"麻烦的磁铁"

我不知道自己更不喜欢哪一件事——是过生日的时候一个人被丢下，还是看着格蕾丝去拯救世界，我却只能去上学。不管怎样，我现在像个服从命令的小兵，站在传送机里，争取在上课铃响前赶到教室。传送机是原点和地球之间的远距离传送系统，能够扫描并收集你身体的全部信息，然后在A点把这些信息分散开，传输到B点，再把它们重新组合起来——这一切会在几秒钟内完成。

　　包括传送机在内，原点和自由力量使用的所有设备，都是技术霸主设计的。实际上，技术霸主曾经是政府秘密实验室里的一只普通小白鼠，在实验中被注射了脑组织生长血清后，它成了这颗星球上最聪明的生物。有时候，它会对不那么聪明的生物——也就是除了它以外所有的生物非常没耐心。它还会成桶地囤积卡芒贝尔奶酪——就是那种贵得离谱的超高级奶制品。它的小脑袋里总是会蹦出各种吓人一跳的想法。

　　片刻之后，那种全身所有原子都被挤在一起的感觉涌了上来，就像有无数根细针扎在身上一样。我看着头顶上方的控制灯从红色变成绿色，传送机的舱门随后向左右滑开。出现在我面前的不再是原点，而是市区一间宽敞的起居室。

　　房间里有一张白色的大沙发、两把藏青色的椅子、一张木头咖啡桌、一台平板电视。房间深处的靠墙书架上摆满了经典著作，还有我和格蕾丝小时候的照片。从厨房到卧室，每个房间都摆放着齐全的家具。我们甚至在衣柜里放了备用衣服，在食品柜里储藏了可以久放的食物……就好像我们真的住在这里。不过幸好这不是我们的家，只是一个障眼法。

我们叫它"道具屋"，因为它只是一件道具，用处是让别人以为这里是我们的家。爸爸和妈妈希望我们上普通学校，努力去做"正常人"。为了有资格上公立学校，我们首先就要有一个正当的邮寄地址。这就是道具屋的用武之地。除了自由力量，没人知道这里只是传送机的大门，而我们真正的家是远在天边的原点。

为了防止人们发现我们的真实身份，爸爸妈妈经常以本地居民的身份在社区里走一走，拿早报或者修剪一下草坪。虽然不算频繁，但的确偶尔有人会来按门铃。那时震耳欲聋的警报声就会传遍整个原点。我们之中必须有一个人利用传送机赶到那里去开门，就好像每一户平凡人家一样——而原点里通常只有我一个人。这一般不会是什么问题，但如果你正在洗澡，就会很尴尬。而当你坐在马桶上，又发现纸没了的时候，那就真是要命了。

我提醒自己：要记得和技术霸主好好谈谈，安装一个从原点到道具屋的对讲系统。那样我可以和门外的人对话，让他们稍等一会儿。如果是那些惹人嫌的吸尘器推销员，我就会直接丢给他们一句："滚开！"

走进起居室，我来到墙边的一张小桌旁，伸手握住桌上的自由女神小雕像，往旁边一拽。随着一阵咔嗒声，一面巨大的镜子从天花板上滑落下来，遮住传送机。然后我走出前门，把门锁上。

走到拱心石中学（译者注：书中主人公的生活背景是拱心石城，美国宾夕法尼亚州的别称就是拱心石）需要五分钟时间。每一学年，我有四十周要在那里上课。现在是第六周。我每天都不会忘记在我的挂历上核对日期。这所中学里面包括三所当地小学，这意味着我在这里需要避开比正常数量多三倍的六年级学生。别误会，我当然能交到朋友，只要我愿意。但为什么要惹这种麻烦呢？我又不能带别人来我家玩。

就在这时，我的手机响了——是妈妈给我发了短信。

妈妈　生日的事很抱歉！祝今天过得好！爱你！

经历过今天早晨这样的"亲子灾难"后，妈妈肯定会担心我的情况。相信我，我很感激妈妈这样做，尽管我并不确定她这样做到底是为了我，还是为了让她自己好受一些。我一边走路一边低头给她回短信，不小心撞上了什么。我以为那是一堵墙，抬头一看，却是另一个学生。

"对不起。"我说。

"你有什么问题吗？"一个低沉的声音从高处传来。

"没有。"我把头向后仰起，直到我觉得头仿佛要掉下去了，才看清那个孩子的脸。在浓密的一字眉下面，一双愤怒的眼睛正俯视着我，就像在俯视一个等待他出手擒获的猎物。

"我不是故意要撞到你……大个子。"

"你是在取笑我吗？"小巨人问。

"呃，不，我……"

我注意到有许多学生包围了我们。他们成群结队地拥过来，就像被三文鱼吸引过来的鲨鱼。事态正朝着我非常不喜欢的方向发展。

"你看着就让人生气。"小巨人说。

"你看着我这么生气，一定是我姐姐的笔友。"我说，"现在，不如我们各自走开，就当这一整件事没有发生过，如何？"

这时，其他小孩越聚越多，全都围着我们高喊："打架！打架！打架！"

真棒，现在我是学校的晨间娱乐节目了。我真想像格蕾丝一样飞到半空，远远地离开这里。不过，我当然不能。我是一个该死的"零"。

小巨人抓住我的衬衫领子。

"嘿，别这样！"我恳求道，"你肯定不想因为伤害一个像我这样的小个子而坐牢吧？"

然后我就看到他的大拳头向后挥起，一切都变黑了。

…………

我可能是历史上第一个在打架时因为自己晕倒而住院

的孩子。护士告诉我，就在那个大家伙要向我挥下拳头的时候，我却先一步倒在了地上，是食堂的女服务员救了我，她刚好推着一车草莓牛奶从那里经过。

这在很多方面都造成了相当尴尬的局面。

最不幸的是，我妈妈不得不离开自由力量，来医院看我。等到医生确保我没有脑震荡后，妈妈把我带回原点，让我到床上去休息。然后她就把我一个人留在家里，任凭我胡思乱想。而现在我也只能坐在床上，想想我的同学们会给我起些什么有创意的外号。

不省人事的艾略特？躺平的哈克尼斯？嗜睡症儿童？无数可能性在我脑海中展开。当然，这件事一定会让格蕾丝很开心。

随后的几个小时里，我看着无脑动画片，脑子里却一遍又一遍重复着不久前的噩梦。我迫不及待地想离开这里。我需要做点什么来转移我的注意力，我知道该怎么做！

我猛地掀开被子，蜷缩在我脚边的小影发出一声低沉的咆哮。

"嘿，别闹了。"我说，"我不管妈妈跟你说了什么，我都要起床了。"

小影不见了踪影。"狗是人类最好的朋友"——说这句话的家伙显然没见过我的狗。

"等一下。"我说，"如果你不告诉她，我就给你好吃的。"

小影立刻出现在我面前，还竖起了耳朵。但一转眼，它又消失了。这条狗真是太懂得怎么要贿赂了。

"两颗好吃的。"我立刻说道。但它这次没有出现。我也没指望它现在就会回来，因为我知道它到底想要什么。

"我不会把一整袋都给你。"我说，"那样你会生病的。三颗，否则什么都没有，这是最后的出价了。"

几秒钟后，那个被我收买了的看守不再隐形，还得意地摇晃起了尾巴。

"好吧，成交。跟我来，保持安静！"

相信我，有个精神力量达到等级三的老妈，想要悄悄做点事绝对不容易！只希望妈妈正忙着搞什么复杂的辩证分析，现在没有精力和我进行心灵连接。

我和小影安全到达了餐厅。我首先还清了三颗小狗零食的债，要小影自己藏好，然后就蹑手蹑脚地走到监控室。在这里，谁也无法探察到我的脑子里在想什么。

要知道，"监控室"这个名字来自这间屋子里的奇迹超脑。它是我们的电脑系统，可以探测到拥有超能力的人——这可是独一无二的！就像兴奋剂报警器一样，奇迹超脑能够不断搜索地球分子结构中的扰动，寻找其中独特的"指纹"。每一种超能力都会留下非常精细却又极其特殊的扰动信号。奇迹超脑能够读取这种信号，再从超能者的大数据库中寻找与之相匹配的数据，以此来确定发动超能力的是哪一个人类或非人类。

目前，我们的数据库中有 432 个恶棍的档案。其中 271 人正被关押着；99 人被认为是不活跃的——换句话说，他们要么洗手不干了，要么年纪一大把干不动了，还有一些可能早已从地球表面消失了；只剩下 62 个真正的疯子还在逍遥法外，时刻准备着制造各种麻烦。

这些我是怎么知道的？嗯，你可以认为挖掘数据是我的爱好。我会用无数个小时在数据库里闲逛，研究每一个我能研究的恶棍，搞清楚他们的起源、外号、能力、弱点、战斗风格以及其他各种特征。我觉得，如果我要接手家族业务，就应该把这些东西都整理清楚，而且这比做作业有趣多了。

奇迹超脑还拥有世界上最先进的望远镜，能够捕捉到地球表面任何一点的景象。我输入了几条指令，眼前的屏幕上便依次出现了几个著名的地标：白宫、美国国会大厦、胡佛水坝、总统山（译者注：因为山壁上雕刻着四位美国著名总统的巨型头像而得名）。一切看起来都很正常，没有需要注意的地方。既然要钓鱼，也许我应该去有鱼的地方看看？

我又向奇迹超脑里敲了几条指令。一个巨大的监狱图像随即弹出在屏幕上。这座监狱被称为"禁地"，它正式的名字是"超能者联邦最高等级监狱"。这是为了关押世界上最危险的超能者而设计的超级监狱，而且是唯一一座。爸爸告诉我，禁地的建造曾经差一点就被取消。因为很多人不相信能够把这么多超能力罪犯安全地关押在一个地方。毕竟，如果地球上最邪恶的生物聚在一起，并且他们之间只隔着几英尺厚的混凝土，发生可怕灾难的概率一定会急剧上升。

不过，禁地在足够长的时间中证明了自身的价值，而它能够成功的原因之一就在于技术霸主。这只小老鼠设计的每间牢房都能消除囚犯的特殊能力，例如，如果囚犯拥有等级三的超级体能，那么他的牢房墙壁就会具有超级延展性，足以吸收强力攻击产生的能量，还能以两倍的力量回敬给攻击者。技术霸主针对各种罪犯，设计出了各种各样的应对办法。幸运的是，它的设计每次都很成功。

这座监狱牢不可破的另一个原因在于我爸爸。他的日常职位就是这座监狱的典狱长，所以他一直在密切关注这些囚犯。当然，他的奇迹者身份是一个秘密，那些恶棍都不知道自己是因为他才被关在了这里。

另外我还知道一个机密，那就是：禁地唯一的蓝图和走出每一间牢房的方法都储存在原点的一间特殊的密室里。这是我们将这个总部设置在太空的另一个原因。囚犯被关在地表，而他们的逃亡方法却被妥善地收藏在地球的太空轨道上。

好吧，现在监狱看上去也没什么事。也许……

"艾略特·哈克尼斯！"

我从椅子上一蹦三尺高。

完了。

我转过身，看到妈妈正双手叉腰站在我背后——这个姿势也被我称为"怒火全开"。小影跟在她身边。下次我应该考虑给这条笨狗四颗零食。

"你想干什么？"妈妈问，"你应该躺在床上休养。"

"我很无聊。"我回答。

"从什么时候开始，无聊就能让你不遵医嘱？"她质问道。

"嗯，在我真的很无聊的时候？"我回答，"而且，我还以为你可能给我发了一个心灵感应的暗示，让我相信自己已经好起来了。那样的话，又该怪谁呢？"我微笑着问。

妈妈的脸上没有半点笑容。绝对不要和精神力量超能者玩心理游戏。

"好的，好的。"我把奇迹超脑调整到自动状态，从椅子上滑下来，"在我的监视下，没有任何情况发生——"

"警报！警报！警报！"奇迹超脑忽然吼叫了起来，"等级三干扰。重复：等级三干扰。能量信号识别为奇迹捕手。警报！警报！警报！等级三干扰。能量信号识别为奇迹捕手。"

"真的？"我说，"这也太凑巧了，一分钟之前还什么事都没有呢！"

"艾略特，现在别胡闹。"妈妈跑到控制台前，脸上的表情就好像见了鬼。

她按下几个按钮，那个被称作"奇迹捕手"的恶棍就出现在了屏幕上。我首先注意到的是他的穿着。他披着一件黑色的风帽斗篷，看上去好像是僧侣。不过他的身子稍微一动，你就能看到他长袍下隆起的肌肉。就在这时，监视镜头拉近，我更清楚地看到了他的样子。

他的皮肤和头发全都显得很苍白，就像骨头一样白。一种怪异的像火焰一样的橙色能量在他的眼睛里闪烁。他的身材极为高大，相比较而言，他的一举一动却又有着惊人的从容和优雅，同时还带着一种机械的质感。在他脚边的地面上，有一个深不见底的巨洞。那种情景就好像死神刚刚从地狱里冒出来。

小影开始低声吼叫。

"呃，妈妈，那家伙是什么人？"

"他是奇迹捕手，"妈妈的声音小得如同耳语，"是我们遇到过的最强大的敌人。我们本以为他死了……被活埋了……那已经是二十年前的事情了。"

"好吧，我可以向你保证，他没有死。"我说道。

"是的，没有死。"妈妈的语速加快了，"我要发出灾难警报。"

听到她这样说，我立刻明白了现在问题有多严重。自由力量的每一名成员都配备有一种特殊的纳米通信器，这种通信器一般被放置在日常的随身配饰——比如手表或者项链中，能够以不同的振动模式发射信号。灾难警报意味着有最紧急的情况发生。接到信号，自由力量的全体成员都必须立刻回到原点——这不是玩大富翁，重复一遍，不是玩大富翁，所以不用掷骰子，也不用去想什么收过路费的事。

"我需要做一下准备。"妈妈说。

"我来帮忙。"我说道。

"不用。"她用不容置疑的口气对我说，"这不是游戏。这是自由力量的工作。"

我低下头。她的话刺痛了我。

"艾略特，"妈妈抓住我的手，"相信我，你需要留在这里，这里是安全的。你要好好休息。看好小影。"

"我明白。"我不情愿地说，"一切小心。"

"我会的。"妈妈捏了一下我的手心，就离开了。

我深吸一口气。小影和我盯着屏幕上的奇迹捕手。

我当然明白妈妈的意思，但我早就厌倦了袖手旁观。

就在这时，我的脑海里亮起了一只灯泡。

"知道吗，老伙计？"我说，"在这里善于隐藏的可不只是你一个。"

奇迹档案

洞察女士

⬛ 姓名：凯特·哈克尼斯	⬛ 身高：1.68米
⬛ 种群：人类	⬛ 体重：59千克
⬛ 身份 / 状态：英雄 / 活跃	⬛ 眼睛 / 头发：褐色 / 褐色

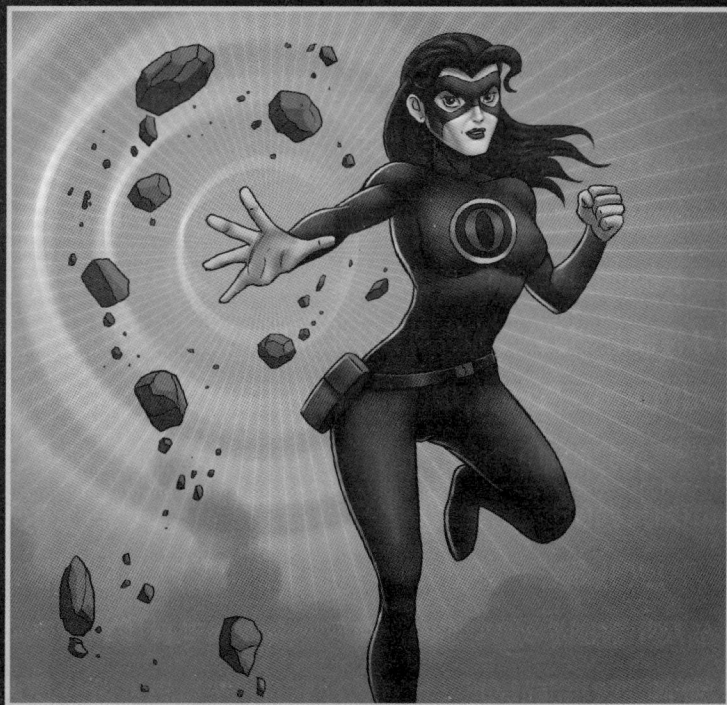

奇迹等级三 / 精神力量	能力评分	
⬛ 极限心灵感应	战斗力 80	
⬛ 极限心灵遥控	耐受力 43	领导力 88
⬛ 极限群体意识连接	策略 85	意志力 95

·第三章·

我干的
宇宙级别的蠢事

就在自由力量成员在任务室集合开会的时候，我又贿赂了小影——这一次我用了五颗小狗零食。然后，我偷偷溜进了自由之翼。自由之翼是原点的火箭动力飞行器，我们有时候会乘坐它在地球和原点之间往返。它很宽敞，足以容纳整支自由力量团队，并且配备了武器和偏转护盾，有能力应对敌人的袭击。强劲的动力引擎让它能够达到5马赫的非凡速度。

实际上，这一艘是自由之翼二号。自由之翼一号因为转向轴损坏，一直停在机库里。当时哑剧大师把它当成了攻城槌，驾驶它直接撞向了冷血鸟群。在那场战斗之后，技术霸主就收回了哑剧大师的驾驶员执照。

自由之翼二号的结构设计更加牢固，更重要的是，它有一个更大的船舱，可以非常宽裕地把我们都装上。

现在，我只需要静静地等待团队进来。

既然还有时间，我就把奇迹捕手的档案下载到我的手机里。我以前从没有看过他的档案，因为他的档案不在活跃超能者的数据库里，而是被收到了死亡超能者的数据库里。几秒钟之后，我打开了他的档案：

· 名字：奇迹捕手

· 真名：未知

· 身高：2.4 米

· 体重：550 千克

·眼睛颜色：橙色

·头发颜色：白色

·奇迹特性：变身超能力

·已知能力：能够复制身边任何种类的奇迹能力。能够同时复制多种奇迹能力。如果复制的能力属于相同类型，可以实现能量叠加，达到第四等级的超能力。

我停下来，把这一句又读了一遍：

达到第四等级的超能力。

什么？

我从没有听说过第四等级的超能力，甚至根本不知道还可能有这样的力量存在。第三等级的超能力就已经被定义为极限能力了，那么第四等级的会是什么样子？像神一样？怪不得妈妈的脸色白得就像见了鬼一样。我继续读下去：

·已知弱点：无

·起源：未知

·背景：奇迹捕手拥有无与伦比的力量。他唯一的目的就是消灭地球上的超能力英雄，最终统治地球。他的力量太过强大，任何英雄都不可能单独与他对抗。最后，一群志同道合的英雄团结起来，决意要制止他的肆虐为害。从那时起，这群英雄称自己为"自由力量"。尽管伤亡惨重，自由力量最终还是战胜了这个恐怖的敌人，将他活埋进地下数千米深的地方。

·已知罪行：杀害了自由力量最初的成员——发电机乔、流星夫人、X 极限机器人、滚雷和太阳箭。

·状态：被认为已经死亡。

我吃力地咽了一口唾沫。看到这里，我才想到自己从没有问过爸妈，自由力量最初是怎样建立起来的。从我记事时开始，这些英雄就已经在一起了。他们是好人。我从没有想过英雄也会牺牲。

看过这些资料后，我突然觉得待在家里陪陪小影才是更好的选择。就在我决定下飞船的时候，舱门猛地被打开，自由力量的成员们登上了飞船。

我被困住了！

但奇怪的是，我心里却兴奋得不得了。

如果妈妈在飞船上找到我，我就死定了，而且格蕾丝绝对会大肆幸灾乐祸。现在我最好安静地等待任务完成，等到我们返回安全舒适的原点后，我再悄无声息地溜出去。就在这时，我听到了舱门关闭的声音。于是我打起精神，做好了飞船起飞的准备。

我的思绪又回到了奇迹捕手身上。如果他被埋在地下几千米深的地方，那他是怎么出来的？难道是用二十年时间一点一点挖出来的？那他需要吃饭和喘气吗？

没等我把这些事想清楚，自由之翼已经着陆了，我被重重地晃了两下。我听到团队成员低沉的交谈声，其中格蕾丝还是那样自信满满，唠叨个不停。舱门打开，他们逐一走出了自由之翼。

几分钟后，我打开隔舱的小门，确认驾驶室已经空了，这才来到前舱，躲到驾驶员座位后面。在这里，我能够清楚地看到前视窗外的情况，同时又不会被发现。

看上去，我们是降落在了一片建筑工地上。我看到不远处就是那个奇迹捕手从地下钻出来的大洞。从这个位置看过去，那个洞一下子大了很多，就好像一只巨型鼹鼠或者类似什么怪物的巢穴，让人难免想多看上几眼。不过我的注意力早已转到了这里的主要目标上——那是在距离飞船差不多一百米的地方。

自由力量包围了奇迹捕手，只是大家都和他保持着相当远的距离。奇迹捕手平静地站在包围圈中心，那种怪异的橙色能量不断从他的眼睛里爆发出来。更让人感到怪异的是，尽管面对这么多强大的英雄，他的脸上却没有任何表情。

爸爸大声命令奇迹捕手投降，但那名暴徒没有回应。爸爸举起身边的一辆小卡车，向奇迹捕手扔了过去。奇迹捕手却只是伸手轻轻接住那辆卡车，就像接住一只飞盘，然后又像撕开一张纸一样把那辆车撕成了两半。

这时，其他英雄开始行动。

蓝闪电以闪电般的速度冲向奇迹捕手，我的眼睛几乎无法捕捉到她的身影。她是在世的超能者中速度最快的，她的英雄制服上的闪电图案清楚地表明了这一点。她曾经用十秒钟就环绕地球一周，然后用一秒钟时间吃下了一个双层芝士汉堡——那次是我给她计的时。

但奇迹捕手还是那样无动于衷。他复制了蓝闪电的能力，向冲过来的蓝闪电重重挥出一拳，就像不用球棒，徒手打飞了一颗棒球。随着一记猛烈的撞击，我只看到一道蓝色条纹划过天空。蓝闪电肯定落到了几百公里以外。

哑剧大师加入战斗。他十几岁的时候，他的父母就过世了。那时，他靠着在街头表演哑剧讨生活。有一天，他在收集硬币的罐子里发现了一枚奇异的紫色护身符。利用这枚护身符，哑剧大师发现自己能够将光能硬化，从而变化出任何自己想象的东西。再借助自己多年表演哑剧的经验，他成为原点里猜字谜游戏必不可少的伙伴。

我看着哑剧大师变化出一杆紫色的能量标枪，向奇迹捕手掷过去。但那个恶棍已经复制了哑剧大师的能力，变化出一面紫色的能量盾牌，轻而易举地挡住了标枪，让它撞在盾牌表面断为两截。随后奇迹捕手又变化出一根能量套索，将哑剧大师紧紧捆住，把他甩在暗影鹰的身上。

打退这些英雄后，奇迹捕手利用哑剧大师的能力凝聚出一把巨大的能量锤，向其余的英雄砸了过去。爸妈和技术霸主急忙散开寻找掩蔽，才勉强没有被砸扁。情况看起来很不好。

这时，我忽然想到，格蕾丝一直没有出现。

她没有和其他英雄一起包围奇迹捕手，也没有参加战斗。我抬头望向天空，同样没有看到她的影子。我的心跳开始加速。她到哪里去了？她有没有受伤？难道她牺牲了？我要马上找到她！

我一拳砸在按钮上，将飞船的舱门打开，跳了出去，结果两只脚仿佛踩到了什么东西。我急忙挥动双臂，想要维持平衡，一只手却像撞在一颗光头上，握在手里的手机都被磕飞了，而我则仰面朝天摔在地上。

我坐起身，惊讶地盯着一个身材矮小、眼睛溜圆的秃头男人。这个人有着一嘴歪七扭八的牙齿和一只更加歪歪扭扭的鼻子。他穿着一身红棕色的超能者制服，上面全都是些黏糊糊的东西。我从没有见过他，却又对他有一种古怪的熟悉感。随后，我的脑子里一下闪出了他的档案。

他是蠕虫。

蠕虫是一个不起眼的小罪犯，拥有等级一的变身能力，常见能力是从毛孔中分泌黏液，让自己像蚯蚓一样在地底钻来钻去。他总是被通缉，不过他的罪行一般都是街头抢劫，偶尔会抢一把银行。他在这里干什么？

这时，我注意到他的脖子上挂着一个十分古怪的小球。乍看上去，它有些像是圣诞小装饰，白色的外表非常光滑，里面一下一下地闪烁着某种光泽。我的眼睛完全被它吸引住了，根本转不开头。它实在太迷人了。

"你是谁？"蠕虫的问题猛地把我拽回现实。

"躲开！"我高喊着爬起身。

"你怕我？"蠕虫的脸上绽放笑容，嘴角一直咧到耳朵边上。

"别过来！"我一边叫喊，一边寻找逃跑的方向，"我可是超能者！"

"超能者，嗯？"蠕虫抓住脖子上的小球，"你看上去更像是个迷路的小孩。"

他突然作势向我扑了一下，同时嘴里吼道："砰！"

我拔腿就跑。

我没有细看自己在朝什么地方奔跑，只是努力想要拉开自己和蠕虫的距离。就在这时，我感觉到一只大手抓住我脖子后面的衣领，把我提到了半空。

我的两只眼睛盯住了奇迹捕手那双令人胆寒的眼睛。

"放开我！"我尖叫着，想要抬腿踢他。

奇迹捕手只是一言不发地看着我。我什么都做不了，也只能继续盯着他。在这么近的距离内，他的样子更加可怕了。他的牙就像匕首一样，每一颗牙齿尖端都锋利得足以刺穿皮肉。他呼出的气体带着一股恶臭味，就好像他刚刚吞下了一整艘船的烂鱼。而他的眼睛……那双眼睛简直就像是通往地狱的大门。

"艾略特！"我能听到妈妈的惊呼声。

"放开他！"爸爸命令道。

但奇迹捕手对他们的呼喊充耳不闻。

"求你，"我开始哀求，"放开我。我没有超能力。我只是一个'零'。"

我回头看向爸妈，他们全都僵立在原地。

"把那个孩子放下，我来代替他。"爸爸举起双手，一点点向奇迹捕手靠近，"他对你没有价值，奇迹捕手。"

奇迹捕手眯起眼睛，仿佛在用某种能力感知我的一切，不放过我身上的任何一个部位。他眼睛里跳动的橙色能量也慢慢转向了我。我用力推着他庞大的身躯，却根本无法挣脱他的控制。橙色能量在我的皮肤上跳动，忽然跳进我的嘴里。我感觉到一股热流涌遍全身，我的身体立刻麻痹了！

但突然间，这个恶棍停了下来，以一种怪异的眼神看着我。

然后，他那像火焰一样的能量熄灭了。

奇迹捕手露出惊讶的表情，随后就双手抱头，发出一声痛苦的尖叫，把我重重地丢在地上。

"我进去了！"妈妈喊道，"我不知道是怎么做到的，但我的精神力量在他的意识里面了！快！动手！"

"荣耀少女！"爸爸向天空喊道。

随着喊声响起，一道红艳艳的光从空中骤然落下，撞上毫无防备的奇迹捕手，把他朝曾经埋葬他的那个深坑推过去。奇迹捕手在深坑的边缘晃了两下，便一头栽了进去，消失在那个无底深渊中。

"快！"爸爸喊道，"把他埋起来！"

英雄们联合起来，动用各自的力量，将他们能找到的泥土、石块一股脑儿塞进了那个深坑。这个世界的巨大威胁迅速被埋没了。

"技术霸主，"爸爸又命令道，"我们需要一间能够收容他的牢房，而且要快。"

"我正在做，队长。"小白鼠已经打开了装在它的喷气背包上的电脑。

"干得好，荣耀少女。"爸爸说，"幸好我们把你留在远处，使奇迹捕手感觉不到你的能力。我们正需要这种敌人预料不到的优势。"

格蕾丝满面红光。她是这次战斗中的英雄。

而我是敌人嘴里的羔羊。

妈妈向我跑过来："艾略特，你还好吗？天哪，你在这里干什么？"

"我不知道，妈妈。"我回答，"我真的不知道。"

就在这时，一只很大的苍蝇嗡嗡地绕着我的头飞了几圈，落在我的膝盖上，用它那双绿色的大眼睛盯着我，直到我挥手把它赶开。奇怪的是，它依然没有飞走，而是在我身边又盘旋了几秒钟，也许它也在为我伤心。它看看我，看看妈妈，又看看我，才扑扇着翅膀飞走了。

这真是个令人伤心的日子。

妈妈跪下来，抱住我："谢天谢地，你没事。"

"艾略特，你被禁足了。"爸爸说，"你这样做很不负责任，有可能让你或者其他人丢掉性命。"

"好的。"我低声嘟囔，接受了惩罚。无论他们给我怎样的惩罚，都是我活该。

"我不知道发生了什么。"妈妈打了个冷战，"刚才我一直没办法进入他的意识，但突然间，我就做到了。那时他的脑海里充满了强烈的愤怒。"

这时，我想起了蠕虫和那个怪异的小球。

"嘿，"我说道，"你们肯定想不到还有谁在这里。蠕虫！我们必须抓住他！"

"蠕虫？"爸爸向周围扫视了一圈，"那个卑鄙的家伙？他一定是恰好路过这里。这场战斗根本不是他那种人能掺和的。我猜，他一定是用最快的速度溜走了，心里还在庆幸没有被卷进来。"

不知为什么，我对此有些怀疑。但既然我已经惹了这么大的麻烦，我决定还是先把嘴闭上。

"为什么你们三个不先回原点去？"爸爸说，"我们要去找到蓝闪电，并且把这里收拾好。"

妈妈、格蕾丝和我向自由之翼的舷梯走去。在踏上飞船的时候，我突然想起自己丢了东西——我的手机！

　　我跳下飞船，进行了几分钟的疯狂搜索，终于在一块石头后面找到了手机。它看上去比我记忆中又多了几处创伤。不过，我也是一样。

奇迹档案

奇迹捕手

姓名：未知	身高：2.4米
种群：未知	体重：550千克
身份 / 状态：恶棍 / 死亡	眼睛 / 头发：橙色 / 白色

奇迹等级三 / 变身超能力	能力评分	
极限能力复制	战斗力 100	
警告：能够同时复制多种超能力	耐受力 100	领导力 28
有可能达到第四等级	策略 73	意志力 90

· 第四章 ·

我有了"超能力",
它就在手机的快捷拨号栏里

在床上经过一番辗转反侧，徒劳地想要把白天发生的事情从脑子里抹掉，最后，我终于昏昏沉沉地睡了过去。但没过多久，手机就像三天没吃饭的啄木鸟一样在床头柜上开始振动，把我吵醒了。我睡眼惺忪地抬起头，下巴上还带着哈喇子，心中奇怪这么晚了又在闹什么。

只有自由力量的成员知道我的手机号，而几个小时前，他们把奇迹捕手带到禁地，把他安置在新囚室中之后，就都返回原点了。

所以，我完全想不出是谁会给我发短信。

我伸手摸到手机，将它抓起来拿到面前。显示屏的亮光让我一时间什么都看不清。不过我很快就调整好双眼状态，找到了发来的短信。在这段时间里，还不断有新短信在屏幕上蹦出来。

电枪 明晚有大生意。有人在吗？

拳手 抢比萨店？哪一家？时间？

电枪 不是，白痴！是银行！拱心石储蓄银行，晚上11点。

阿飘 接受邀请。自由力量该怎么办？

拳手 你那里没比萨吗？

电枪 自由力量不会管的，只是一件小事。

电枪 没有比萨！

阿飘 怎么分成？

电枪 三个人均分。

阿飘 我要六成。你显然急需人手。

电枪 最多四成。

阿飘 五成五。

拳手 那来一盒甜甜圈怎么样?

电枪 四成五。

阿飘 算了吧。晚上我还要给鹦鹉洗澡。

电枪 好吧,五成?

阿飘 11 点见!

一开始,我完全不明白到底发生了什么,然后我才像是被成吨的砖块突然撞破脑壳,一下子开窍了——这不是我的手机,是蠕虫的!我和蠕虫的手机颜色、牌子都一样,我们一定是撞在一起的时候把手机搞混了!

现在我只能听到心脏撞击肋骨的声音。我掀开被子,跳下床,开始来回踱步。难道现在的情况还不够糟糕吗?如果妈妈和爸爸知道有个恶棍捡到了我的手机,他们一定饶不了我!

又一条信息出现在屏幕上。我按下按钮去看具体内容,才意识到其中有问题。屏幕密码呢?这手机没有屏幕密码?

等等,蠕虫的手机没有屏幕密码!我的手机可是有屏幕密码的!而且我记得,我是把手机设置成密码输错三次,整个手机的储存都会被抹除。

太好了！太好了！太好了！我有活路了！

我扑通一声倒回床上，心中感到无比宽慰。但我还是需要把这件事告诉爸妈。他们应该知道，被自由力量保护的地方马上就要落入罪犯手中。我应该及时报告这件事，但……

蠕虫算不上真正的威胁，对吧？别大惊小怪的，只是蠕虫而已，一个等级一的超能者。我相信，他在乱输了一通密码后，一定已经把我的手机清空了。那么，我真的要把这件事告诉爸妈？我只需要告诉他们，我的手机在战斗中被一束激光打坏了，需要换一部新的。那样，我就能用新手机和他们联系，同时又保留这一部！我低头看着蠕虫的手机，新信息还在不断发过来。

拳手	甜甜圈的事怎么样了？
电枪	没有甜甜圈，你这个白痴！
拳手	好啦。你没必要这么大喊大叫！

我一整晚都没睡，只是不停地翻看着蠕虫的联系人名单和他的信息。那些联系人绝大多数用的都是简称，不过我还是确认了他的一些常用联系人，比如他妈妈、他的干洗店、他最喜欢的墨西哥餐厅、他的发型师——不知道为什么一个秃子需要发型师。当然，他那些超能者同伙也被我认出不少。

我非常确信，电枪是一个等级一的能量操纵者，能够从手中射出电流；拳手是等级一的超级体能拥有者，他的力量来自放射性的啤酒。但我想不出阿飘是谁。不管怎样，看他们聊天的内容，就知道他们一直在谈论一起打劫，但是到现在他们还没有真正齐心协力干过什么事。而且他们交流的时候还说了好多脏话。

尽管我的调查取得了不少成果，但我自始至终都没能找到蠕虫和奇迹捕手之间有什么关系。也许爸爸是对的，也许蠕虫只是在错误的时间去了错误的地方。但他脖子上的那个球总让我感到有些古怪。那到底是什么？蠕虫在用它做什么？我没办法轻轻松松地把这件事抛在脑后。

一定有些东西被我忽略了。

就在我困得快要睁不开眼睛的时候，我的闹钟响了。清晨已经神不知鬼不觉地溜到了我背后，现在是要准备上学的时间了。哦，我可真高兴。我等了几分钟，闹钟第二次准时响起。

这时，我听到了一阵敲门声。

"嘿，无能男孩。"格蕾丝的嘲讽透过门板扑面而来，"起床，否则你要迟到了！"

我低头看着蠕虫的手机。

无能男孩？哼！也许吧，但也许并不是……

我迅速穿好衣服，去餐厅吃早餐。既然我搞砸了昨天的战斗，今天这顿饭大概也不会吃得很愉快。

"早上好，艾略特。"妈妈说，"你感觉怎样？"

"嗯，有些累，"我回答，"浑身酸痛。"

"还记得吗，艾略特？"爸爸严厉地说，"你被禁足了。放学后你要一直留在家里。"

"我知道。"我说道。说实话，被禁足算不上什么，毕竟我每天放学后都是一直待在家里。

"而且你不需要负责守着奇迹超脑了。"他又说道。

"明白。"我回答。呃，这个就太糟糕了。

"在 5 点钟的新闻里找找有关我的内容吧。"格蕾丝得意地说，"他们想要采访我，问问我是如何战胜奇迹捕手，拯救了世界的。"

"哦，我一定会看的。"我用掩饰不住的讽刺口吻说道，同时抓起一根燕麦棒，把它塞进背包里，然后坐在桌边，深吸一口气。没关系，该说的话还是要说。"哦，我差点忘了。我需要一部新手机。我的手机被哑剧大师的能量链轮气化了。"

"好吧，跟技术霸主要就好了。"爸爸说。

"好的。"成功！这可真容易，现在是第二部分，"昨天晚上，我做了一个奇怪的梦。"

"真的？"爸爸没有放下报纸，"什么样的梦？"

"嗯，"我说，"我梦到拱心石储蓄银行将会遭到抢劫。我清楚地看到是三个超能者干的。"

爸爸把报纸稍稍放低了一点："的确很奇怪。"

"是的。"我说，"在我的梦里有三个人，全都是第一等级的超能者。一个是能量操纵者，一个是有超级体能的家伙，还有一个我分辨不清，但看上去也不是很厉害的样子。"

爸爸和妈妈对视了一眼。

"我感觉抢劫案发生的时间会是今晚，大约 11 点。"

"11 点？"妈妈显得有些惊讶，"嗯，这的确很特别。好了，我想我们应该多一分警惕。"

好了，种子已经种下了。

"真是一派胡言！"格蕾丝说道，"你的脑子一定是在奇迹捕手扔下你的时候被撞到了。"她拿起自己的书包，向传送机跑去，"放学后见，我要走了！"

我也抓起自己的书包，追上她，抢在舱门关闭前和她一起钻进了传送机。我们在沉默中完成了空地旅行，在道具屋里重新实体化。

"你就这么失败，必须依靠编造故事来吸引注意吗？"格蕾丝问我，"你这样子真是糟透了。"

她走到屋外，向两边看看，确认周围没有人，才飞到空中，把我一个人留在门廊上。我锁好门，向学校走去。

我的手机突然又开始振动，很多信息传了过来。

电枪	谁有烟雾弹？
阿飘	没。
拳手	有。干什么？

电枪	工作需要。
拳手	今晚用？
电枪	不是给我花园里的地鼠用。是的，今晚用！
拳手	还冲我大喊大叫！

这真的让我笑出了声。

就在这时，我的手机忽然从我的手里被抢走了。

"嘿，看谁回来了！"那个小巨人将我的手机在他那两只大得出奇的肉手里抛来抛去，"没用的小屁孩，我因为你被罚了一周的禁闭，食堂的女主管还一直瞪我。"

虽然心中惶恐不安，但我还是保持着外表的镇定。我要把那部手机拿回来！没有了它，我就没办法装作自己有超能力了。"听着，"我说，"我相信，我可以不受伤，而你也可以不被关禁闭，只要你把手机给我，我们各走各路。"

人群又开始向我们这里聚集。又来？

"是吗？"他捏着手机在我面前晃了晃，"你想要的话，就来拿啊。"

我伸出手，他后退了一步。其他孩子都在笑。他继续让手机在我的眼前晃荡。我又试了一次，结果还是一样。他在引诱我，在逗弄我。

"好了。"我说，"我们上课要迟到了。"

"这可比上课有意思多了。"小巨人鼻子喷着气说。

就在这时，一个我从没有见过的女孩大踏步走了过来。

她比我高一点，穿着白色牛津布衬衫和深色的修身水洗牛仔裤——就是学生应该有的标准穿着。她真的很漂亮，一头黑色卷发一直垂到肩膀上。我不知道她打算做什么。

她用一双明亮的绿眼睛看着我说道："你听到他的话了，如果你想要你的手机，就从他那里拿过来。"

但我没有动。她竟然在和我说话。这太让我吃惊了，我一下子愣在了原地。

突然，女孩迈步上前，一拳捶在小巨人的肚子上，对他说："如果你敢去打小报告，我会再揍你一顿，而且下一次会揍得更狠。"

小巨人倒在地上，吃力地想要喘一口气。

"永远不要显露软弱。"女孩把手机递给我，转身就走。

奇迹档案

荣耀少女

姓名：格蕾丝·哈克尼斯	身高：1.6米
种群：人类	体重：46千克
身份 / 状态：英雄 / 活跃	眼睛 / 头发：蓝色 / 金色

奇迹等级二 / 飞行	能力评分	
强飞行能力	战斗力 29	
飞行中结合重力，达到有限超级速度	耐受力 26	领导力 40
	策略 28	意志力 57

·第五章·

我咽下了
嚼不碎的苦果

一整天都有新的信息出现——关于银行金库的设计、安全摄像头的位置、行动路线，还有如果奇迹英雄出现，应该采取的应对方案。到下午4点，手机才终于安静下来。他们的计划敲定了。

而我一个人在家，正被禁足。

好吧，我猜小影就在我周围，但它在我去洗手间的时候吃了我的燕麦棒，然后就消失了。今天在学校里的几个小时只给我留下了一点模糊的印象。除了一直关注传过来的信息以外，我发现自己想的都是早上那个女孩。

她和我一起上社会学课。那时我知道了她的名字是凯美，刚刚搬到这个镇上来。她真的很聪明，上课时好几次举手回答问题，却从没有向我这里看过一次。

我一直在想她说的话：**永远不要显露软弱**。她认为我很软弱吗？在内心深处，我其实知道答案。我从没有为自己站出来过，没有顶撞过格蕾丝，也没有反抗过针对我的霸凌，甚至没有反对过任何人。也许我的确应该有所改变。

被禁足要比像平时那样待在家里无聊得多。我早就厌倦了坐在房间里，摆弄自己的大拇指。爸爸说我不能守着奇迹超脑，但他没有说我不能进格斗室。

格斗室位于原点的最下面一层，那里是自由力量成员磨砺技艺、演练战斗技巧的地方。设计它的是技术霸主。格斗室中采用了先进的全息技术和力场投影，让这里发生的一切看上去和感觉上去都无比真实。只要是能够想象出的情景，就能在格斗室中生成。从普通的街头抢劫到超能力恶棍全体来袭，这里应有尽有。我看过无数个小时的格斗室训练视频，却从来没被允许过参与一场实际的格斗训练——这都是为了我的安全。

但这一点应该改变了。

我走进格斗室，深吸一口气。这个房间非常宽大，比得上一座大型机库。这里的墙壁、地面和天花板全都是纯白色的，没有窗户，我走进来的那扇门是这里和外界连通的唯一出入口。而且这里弥漫着一种怪诞的寂静。

直到你让"小东西"知道你的出现。

"小东西。"我的声音回荡在巨大的空间中。

一阵低沉的蜂鸣声响起，随即是一串嘀嘀声。

"小东西上线。"一个温暖的机械声音响起，"下午好，艾略特·哈克尼斯。"

小东西（GISMO）其实是全域智能仿真模型运算系统（Global Intelligence Simulation Model Operator）的缩写。它是格斗室的灵魂，它的主要工作是检测仿真环境下训练者的进展。如果情况顺利，它会提升挑战的难度。如果出现问题，它只需要一个声音命令就能结束仿真环境。

现在，我需要的就是挑选一个训练模块。"永远不要显露软弱"，这句话已经刻进了我的脑海里。

"小东西，"我说，"请载入训练模块SS12。"

随后是一阵停顿。

"模拟警告，"小东西一板一眼地陈述道，"训练模块SS12属于高级格斗模块，是专门为拥有超级力量的奇迹者所准备的。"

"是的，小东西，"我告诉它，"我明白。请载入训练模块SS12。"

又是一阵停顿。

"小东西没有得到授权，不能为艾略特·哈克尼斯载入训练模块SS12，艾略特·哈克尼斯不具备奇迹水平的超级体能……"

"覆盖原命令序列B321ZFINAL。"我命令道。

"模块载入。"小东西终于给出了正确的回答。

和技术霸主一起待久了，总能学会一些小花招。

空旷巨大的白色房间立刻变成了一个烟雾缭绕、光线昏暗的酒吧，里面挤满了浑身遍布刺青的魁梧大汉，他们有的在喝啤酒，有的在打台球，还有个家伙一只眼睛戴着眼罩。闪烁的霓虹灯、震耳欲聋的音乐、不断碰撞的台球……我完全融入了这个逼真的场景中。

我看了一眼吧台，那里的椅子上坐满了人，还有一个陌生女人站在吧台的一端。她看上去很年轻，一头长发却是纯粹的银白色。她身上是一套带有白色竖条纹的黑色西装，在这个地方显得格格不入。这可能意味着她在这个仿真环境中是一个非常重要的角色。于是我慢慢走过去，坐到了她身旁。

"想喝点什么，伙计？"酒保问道。这是一个身体格外健壮，少了几颗重要牙齿的男人。

我还从没有在吧台点过酒。我转头看向那名女子。她正在看着我，看来我不能退缩。

"请给我一杯秀兰·邓波儿。"我说道，"要晃出来的，不要搅拌的。"（译者注：秀兰·邓波儿是一种无酒精鸡尾酒，以著名童星秀兰·邓波儿的名字命名。）

"好的。"酒保翻了一下眼睛。

"先等一下，"我转向身边的同伴，"让我看看，这位女士想要些什么。"

"哦，我可不像你这么能喝。"她操着一种我听不出来的奇怪的口音。

我点点头，酒保去给我倒酒。

几秒钟之后，那个女人说道："告诉我，你就是那个人吗？"

"什么人？"我不知道她在说什么。

酒保拿来了我的酒，我喝了一小口。

"别开玩笑了，男孩。"她说，"你就是皇帝派来的那个人？那个会帮助我找到小球的奇迹之人？"

我差点呛了一口。

她说的是小球?

"我就知道。"她的语气中流露出怒意,"我一看见你就知道了。你太弱、太小了。"

"等等,女士。"我说道,"我可是自由力量的成员。"

"我知道,皇帝迟早会出卖我。"她自顾自地继续说道,"他会为此付出代价。而你现在就要付出代价。伙计们,杀了他!"

好吧,看样子情况很不妙。突然,我想起爸爸曾经警告我远离格斗室,因为在模拟程序中可能会遇到危险,甚至被杀死!

我跳下凳子。吧台旁边的那些大汉已经把我包围了。我的心脏跳得飞快,仿佛要从我的胸口冲出去,直接逃离这个酒吧。没时间思考了,那个戴眼罩的独眼男人就站在我面前,高高举起了一根台球杆。

他将球杆向我挥下来。

我急忙俯下身。球杆在吧台上被砸成好几段,其中一段弹起来,撞到我的下巴上。好疼!这个程序在玩真的!这家伙真的想要杀我!

"抓住他,蠢货!"女人命令道。

又一个人扑向了我,不过我翻身从他的两腿之间滚了过去,还从背后踢了他一脚,让他的头撞上了吧台凳。"来吧!"我高喊着,为自己的成功感到惊讶。但现在我没时间庆祝胜利，我的周围还有数不清的敌人。我在包围圈中寻找缺口，却一无所获。

"你没有奇迹能力。"那个女人说，"你只是个普通的男孩。很快你就会变成一个死男孩。"

我必须离开这里，但要怎么出去？就在这时，我注意到了那个戴眼罩的独眼男人。如果我能冲到他看不见的那一边，也许……

"也许我没有奇迹能力，"我说，"但我肯定不弱。"

我开始行动，一头冲向那个独眼大汉，但我很快就被一堆胳膊和腿挡住了。

"放开我！"我尖叫道。无论我多么用力，就是没办法把他们推开。

他们抓住了我。

那个女人放声大笑。她抓起一只酒瓶，在吧台上磕碎，举起露出锋利边缘的半截瓶子："对于自由力量的英雄们，你会是一个警告。"

然后我想起来，只要我愿意，就能让这一切停止。我要做的是喊出"小东西"，这个噩梦就结束了。但戴眼罩的独眼男人抓住我的头，用力向后扳，露出我的脖子。我想要说话，却做不到。我几乎连气都喘不上来了。

那个女人缓步向我走近，仿佛在享受着现在的每一分每一秒。她站到我面前，将破碎的酒瓶抵在我的脖子上。我能感觉到玻璃锋刃在接触我的皮肤！

我要死了，我要死在这个房间里了，因为我是一个"零"，一个愚蠢的、发疯的"零"。

"再见，男孩。"女人说道。

我闭上眼睛，等待着一切结束。

但我的耳边却响起一阵奇怪的摩擦声。

我睁开一只眼，看见一个熟悉的鹰环套在那只酒瓶上，一转眼便将酒瓶从女人的手中扯走了。

这是真的？

就在我心生诧异的时候，暗影鹰出现了。他从房梁上飘然落下，黑色的长斗篷披在身后，着地时悄然无声。他手中的鹰环打开，酒瓶掉在地上摔得粉碎。他眯起一双眼睛，这让他那黑色的面罩仿佛嵌上了两道白色的缝隙。他嘴角上翘，露出一丝危险的冷笑："难道你妈妈没有教过你，用玻璃扎孩子是不礼貌的吗？"

"你是谁？"女人问道。

"我？可以说，我是你的新麻烦。"暗影鹰一甩手臂，他的鹰鞭抽在戴眼罩的独眼大汉身上。那个人惨呼一声，毫不客气地把我扔在地上。

我躺在地上，看到那个大汉抱住自己的头。就在这时，奇怪的事情发生了。独眼男人的脸开始闪烁，片刻间，他就在我眼前变成了某种完全不像是人的东西。

他的皮肤变成了浅黄色，那只还完好的眼睛从褐色变成了荧光绿色，耳朵向上卷曲，变得又尖又细，竖在额头两侧。随后他晃晃头，又变回了人类的样子。

"抓住他！"女人尖叫道。

我回头看向暗影鹰。人们向他聚拢过去。而这位英雄屹立在原地，高声喊道："小东西，结束程序。"

"训练模块结束，暗影鹰。"小东西说。

酒吧连同那个女人和她的打手们都消失不见了，白色的房间里只剩下暗影鹰和我。

"你不是应该被禁足的吗？"暗影鹰把我扶起来。

我点点头，同时还在努力喘气。

"你知道，那是高级格斗模块。"暗影鹰说，"你绝对不应该让拟真程序这样失控，这会让你受重伤的。"

"这真不是开玩笑的事。"我揉搓着自己酸痛的脖子，"我想我是头脑过度发热了，才会做出这种蠢事。抱歉。"

"蠢事？"暗影鹰笑了，"这可不是我看到的。我看到的是缺乏经验。你还不知道自己的极限，但只要加以练习，你就能有所进步。相信我，你每一天都能做得更好。"

我第一次以一种不同的眼光看待暗影鹰。站在我面前的人是最强大的超级英雄团队中的一员，但他没有任何超能力。他也是一个"零"，就像我一样。他将自己的大脑和身体都推进到了人类潜能的极限，正因为如此，他很有可能是自由力量最危险的成员。

"好了，小子，"暗影鹰说，"我们先去餐厅喝杯苏打水。也许我能教你几件事。"

"真的？"我问，"你会教我？"

"当然。"他说，"你是团队的一员，不是吗？"

"是的，"我回答，"我想是的。"

我们走出几步，忽然我停了下来："暗影鹰，我能问你一些事吗？"

"问吧，小子。"他说。

"仿真程序里的那些人不是人类，对不对？"

暗影鹰微笑着回答："我还在想，你是不是已经注意到了。的确，他们不是人类。他们是光灵，一个能够变身的外星种群。他们最大的爱好就是征服邻近的星系——包括我们所在的星系。"

我们又走了几步。

"等等，你的意思是，光灵是真的？"我问道，"他们真的要征服地球？"

"哦，他们已经在这么干了，"暗影鹰说，"而且不止干过一次。不过不必担心，自由力量一直在阻止他们。"

我的脑子开始飞快地运转。如果光灵是真的，那么，那个女人口中的"小球"会不会就是蠕虫脖子上挂的那一个？如果真是这样，那女人要那个小球做什么？我正想问暗影鹰这件事，却又闭上了嘴。他会不会认为我是在胡思乱想？毕竟，他已经对我说不用担心光灵的事情了。而且我现在还有更紧要的事需要处理。

"暗影鹰，我能再问一件事吗？"

"当然，小子。"

"你不会把我来格斗室的事情告诉爸爸，对吧？"

"不会，"暗影鹰说，"我觉得你今天已经受过足够的惩罚了。"

我们一起笑着向餐厅走去。

奇迹档案

暗影鹰

姓名：未知	身高：1.88米
种群：人类	体重：97.5千克
身份 / 状态：英雄 / 活跃	眼睛 / 头发：未知 / 未知

奇迹等级零 / 无超能力	能力评分	
侦察大师	战斗力 92	
神射手	耐受力 56	领导力 93
高超武术技能	策略 100	意志力 100

· 第六章 ·

我把法律打碎成了
无数片

现在是晚上 10 点 57 分，我不禁又开始在房间里来回踱步。

三分钟后，或者我伪装有超能力的事能够遮掩过去，或者我会被丢进火炉里烧成灰。自从今天早晨知道我的"梦"以后，爸妈一次也没有提过银行抢劫的事。说不定他们已经把这件事忘了。

我又看了蠕虫的手机一眼。从今天下午开始，我就没再收到过任何有意义的短信，只有拳手把自己的恶棍制服弄丢了，发消息问该怎么办。他们为这件可笑的事情交换了四十五条信息，然后拳手才发现制服就在他的小货车的后座上。

这帮怪咖还真是天才。

10 点 58 分了。

我用手挠着头发。这太疯狂了，现在我的生死存亡全要看几个等级一的废物会不会在 11 点整去抢银行，而最好的结果是我能欺骗爸妈，让他们相信我拥有奇迹能力。我在干什么？

10 点 59 分。

哦，天哪，如果那几个恶棍没有去抢银行呢？那我又会成为大家眼里的傻瓜。格蕾丝会说，我又在为了引起别人的关注而耍花招。她还会说我嫉妒她，说我是多么多么可怜。她会怂恿爸妈把我遗弃到一座荒岛上，装作我从没有出生。

然后她就能打掉我们房间之间的隔断墙，把我的卧室改造成她的更衣室。我现在仿佛就能看到自己房间未来的样子——到处都是镜子、衣服，墙上还贴着成百上千荣耀少女的海报。天哪，她就喜欢那种样子。

那帮蠢货必须去抢劫银行。

我再一次盯住了手机——还是没有信息。我抬起头去看墙上的钟。

11点整。

我扬起眉毛，等待着奇迹超脑开始"唱歌"。我就这样一动不动地站了三十秒、六十秒、两分钟，但什么都没发生。这些白痴！他们跑到哪里去了？他们应该在11点整抢银行的！

我盯着手机——还是没有信息。他们到底在干什么？我怒吼一声，瘫倒在床上。我怎么会信任那些浑蛋？格蕾丝是对的，我真是个可怜虫。看看我现在的样子吧！我闭上眼睛，长叹一声。结束了。我永远也成不了奇迹者，甚至是假装的也做不到。

"警报！警报！警报！"奇迹超脑有了动静。

我从床上跳起来，看向时钟。

11点04分。

"等级一干扰。重复：等级一干扰。多个信号。能量显示，一号是电枪，二号是拳手。警报！警报！警报！"

太棒了！他们去抢银行了！去抢银行了！这些白痴终于去抢银行了！

我停止手舞足蹈，恢复了镇定。我跑上二十三级台阶，去迎接我伟大的"我早就告诉过你们"时刻。我真幸运，今晚是爸爸在值班。

"艾略特，"爸爸说，"我正要喊你。你有没有听到警报？"

"警报？"我故作惊讶地说，"是的，我听到了。出什么事了？"

"嗯，拱心石储蓄银行刚刚被抢劫了。这不正是你昨晚做的梦吗？"

"哦，是的。"我不慌不忙地说道，"我把这件事完全忘了。它应该发生在 11 点。天哪，我忘了看时间。现在已经 11 点了吗？"

"你说过，会有三个超能者，对吧？"爸爸问我，"奇迹超脑只显示出两个。"

"两个？"我有些困惑，"你说是两个？哦，嗯，也许我错了。那些梦里的事有时候很难搞清楚。"那第三个白痴跑到哪里去了？爸爸要戳穿我的谎言了。

"警报！警报！警报！等级一信号。身份未知。"

"哦，来了。"我说，"你的第三个罪犯！"

太好了！

"如果有未知超能者出现，我最好召集整个团队。"爸爸说，"我不知道要对付怎样的敌人。你的梦有没有告诉过你一些关于第三个超能者的详细情报？"

我可以告诉他，第三个超能者在短信聊天中的名字是"阿飘"，但这只会引出一大堆我不想回答的问题，所以我现在还是什么都不要说比较好。

"嗯，没有。"我回答，"但也许我应该和你们一起去，毕竟那是我的梦。"

爸爸看着我，微微一笑："抱歉，艾略特。鉴于上一次事故的发生，我们不能冒这个险。不过你真的让我想了很多。我发现，在我们中间，你是我最钦佩的。"

"我？为什么是我？"

"嗯，我们全都有着各自的责任，无论是阻止坏人还是扔垃圾。但你是我们之中责任最重大的。"

"我？"

"我认为是这样。"爸爸说，"有谁能比你更了解自由力量？谁知道我们所有人的秘密身份、我们秘密总部的位置、我们的全部能力和弱点？你知道。而你一直紧紧守护着这些秘密。这是一份很大的责任。"

"是的，我想是的。"我感到有些晕乎乎的。

"实际上，我想让你知道，你是我们这个家庭中非常重要的一部分，无论你是不是有什么能力。记住，拥有奇迹能力并不会让你成为一个好人。看看那些超级恶棍。最终决定你是不是好人的是你的心。而我认为你拥有一颗最伟大的心。"

"啊，"我说，"谢谢。"

"相信你自己，儿子。你会为自己所做的事而吃惊的。"

"那么，这是不是意味着我可以和你们一起行动？"我问。

"嗯，不行。"爸爸回答，"我们还没有完全理解你的能力。而且，还记得吗？你被禁足了。"

"是，长官。"我回答道，"我记得。"等等，爸爸刚刚说我有能力？

"为什么你不回到床上去，看看还能做些什么梦？我们很快就会回来。记住，今天你不用在监控室值班。"他拍拍我的头，就起身离开了。

而我则兴奋得没办法躺在床上。于是我去了餐厅，准备吃点夜宵庆祝一下。

来到餐厅，我听见餐桌下面传出一阵阵鼾声，听起来像是小影藏在那里吃别人的剩饭，结果睡着了。我打开食品柜，拿起放在最外面的没营养的零食。刚刚发生的事情让我没办法安静地坐下来，我决定拿上糖果去散散步。

今天是一个巨大的胜利，爸爸相信我有超能力了。我只需要等那些笨蛋再谋划一次抢劫，那就意味着我又能做一个"梦"，又能让自由力量相信我是一个奇迹之人。然后，我就会拥有自己的制服，和他们一起探险。

现在只有一个问题：那些白痴可不能被抓住。我把糖块塞进嘴里，拿出蠕虫的手机，加入了银行抢劫的群聊。

蠕虫 嘿，自由力量来了！快跑！

汗珠顺着我的额头一颗颗往下滚落。我竟然会堕落到这种程度，帮助坏人逃跑？那我也变成罪犯了吗？我很清楚这个问题的答案。但是，我的确需要他们。而且没有人会因此真的受伤，对吧？现在，我只能等待他们的回应。我的手机响了，电枪发来了短信。

电枪 什么？真的？

他们收到了！我继续打字。

蠕虫 没错！快走吧！马上！

电枪 谢了，兄弟！

太棒了，我正式成为罪犯了。

我相信爸爸肯定不会为现在的我感到骄傲。

我抬头看了一眼，想知道我走到了哪里。仿佛被某种残酷扭曲的命运所引领，我正站在密室前面。这是一座牢不可破的保险库，里面收藏着最高级别超能者监狱——禁地的蓝图。密室被设计得坚不可摧，它的大门就有半米厚，重量超过二十吨，用纯钨铸造而成。钨可是非常坚硬的金属。只有知道进门密码才能进去，而这个密码全世界只有两个人知道——我的爸爸和技术霸主。

我审视着输密码的键盘——一共九个空格，只能输入字母，不包含数字。我开始在脑子里构思一些密码。

J-U-S-T-I-C-E（justice：正义）。七个字母。不够。

L-O-C-K-D-O-W-N（lockdown：禁地）。八个字母。还是短。

C-R-I-M-I-N-A-L-S（criminals：罪犯）。九个字母。会是这个吗？

我把这个词输进去，控制面板上的警示灯亮起红光，组成一串文字：

错误。还可以输入两次。

我一直在想。

V-I-L-L-A-I-N-S（villains：恶棍）。八个字母。

P-R-I-S-O-N-E-R-S（prisoners：罪犯）。九个字母。这个行吗？

我输入这个词，又是一串红色的警告文字：

错误。还可以输入一次。

好吧，该停下来了。谁能知道，如果我最后一次输错了，会发生什么？我向后退去，转过身。我需要找些别的事做，以免让自己陷入更多的麻烦之中。我要忘掉关于密码的事。是的，我应该想想别的事情，一些完全不同的事情。

但，这根本没用！

密码一定不会那么明显，好好想一想！好吧，设计密室的是技术霸主。如果我是技术霸主，那一定会把密码设置成某个对我来说很有意义的词，这样我才不会忘记。那么，如果我是一只超级聪明，同时脾气又超级坏的老鼠，有什么东西是我不会忘记的？

猫？不可能。秘密实验室？更不可能。这个时代的天才老鼠会喜欢些什么？超导体？主板？奶酪？奶酪（cheese）！

C-H-E-E-S-E。六个字母。即使再加上一个"S"，也只有七个字母……

不是。

这时我突然灵光一现。那只疯狂的老鼠……会不会是那个词？

我将两根手指交叉在一起。如果这次又失败了，我或许会触发一个直通爸爸大脑的警报；或许会激活一颗诡雷，把我直接扔到外太空去。在这两个结果中，我肯定更喜欢后者。好了，不试一试，就不会有任何结果。我呼出一口气，开始敲击键盘。

C-A-M-E-M-B-E-R-T（Camembert：卡芒贝尔奶酪）。

没反应。

好吧，我要成为一个死小孩了。

突然间，砰的一声震响回荡在走廊中，控制面板变成了绿色。我又听到机械锁转动开启的声音，随后就又惊又喜地看到密室门打开了。

我做到了！我打开了密室！

我长出一口气，走了进去。这间密室内部比从外面看上去要大得多。几十个文件柜整齐地排列成行，每个柜子上都有编码和一个名字。我立刻就推断出，柜子上的编码一定对应着禁地监狱的牢房号，而名字就是牢房中囚犯的名字。我走过这一排排文件柜，看着柜子上的一个个名字，认出其中许多都是拥有等级三能力的超级罪犯。

碎骨者、索命女士、巨像……

这些人的重要信息都被封锁在同一个屋檐下。

不过，我的目标是最后一个文件柜。它顶端的抽屉上写着：

牢房 M27——奇迹捕手。

我伸手把抽屉拉开。抽屉里面有一根长筒。我把它拿出来，拧下盖子，将里面的蓝图摊开在身边的桌子上。

正是奇迹捕手牢房的设计方案。

蓝图上有许多技术术语，大概说的是牢房的大小、墙壁的厚度、通风系统的位置等信息。而让我最感兴趣的内容就写在蓝图右下角——是遏制奇迹捕手超能力的方法。我仔仔细细地把它读了一遍：

囚犯将一直处于假死状态（也被称为"冬眠"）。房间的温度应始终保持在 20°F（约 -7°C），使囚犯处于低温状态，所有身体细胞活动停止，对氧气的需求大幅度降低，但细胞依然能存活。这种状态下的囚犯不需要食物和水。这个控制方案采用了动物的冬眠模式。囚室温度需要全天24小时监控。

　　不错，那只老鼠的想法真是惊人。我当然希望它的控制方案能够有效。如果怒气冲冲的奇迹捕手在一个关押着数百名超能力囚犯的地方醒过来——我想象不出还有什么情况比这更可怕。

奇迹档案

技术霸主

姓名：实验室白鼠2324B	身高：18厘米
种群：鼠类	体重：340克
身份 / 状态：英雄 / 活跃	眼睛 / 毛：粉色 / 白色

奇迹等级三 / 超级智力	能力评分	
极限分析能力	战斗力 10	
极限信息综合能力	耐受力 14	领导力 85
极限学习能力	策略 100	意志力 96

· 第七章 ·

我希望被称为
非凡小子

就这样，格蕾丝和我，两个拥有奇迹能力的孩子，一同乘坐亚原子传送设备去上学。我们到达道具屋时，格蕾丝终于爆发了。

"你是运气好，"她说道，"仅此而已。"

"哦，我可不会管这个叫运气。"我一边说，一边打磨指甲，"听起来，有人感到不安了，因为她不再是这里唯一的奇迹少年了。"

格蕾丝的脸变成了深紫色。她气呼呼地说："除非你能再做一次，否则这就是瞎猫撞上死耗子。"

必须承认，我们去道具屋的一路上气氛都很冷。格蕾丝的脸一直黑着，很明显是气我的"梦"在昨晚成真了。自由力量赶到的前几秒钟，电枪、拳手和那个神秘的阿飘刚刚逃离现场。

于是，妈妈和爸爸用一整个早晨的时间问了我各种关于梦的问题：那些梦是从什么时候开始的？我在梦中能不能清楚地看到人的相貌？我怎么知道他们做的事情会在真实世界的什么时刻发生？

哦，他们的确也问过格蕾丝一句想要吃煎蛋还是煮蛋，然后他们的全部注意力就回到我的身上了。

我，我，我。

这注定会是美好的一天。

我们走出道具屋，却发现门前的台阶上有一个惊喜。

是一个女孩。

"你是什么人？"格蕾丝问。

"我是凯美，"女孩一双明亮的绿色眼眸闪烁着光彩，"艾略特的朋友。"

等等，她知道我的名字？她刚才是不是说……她是我的朋友？

"艾略特的朋友？"格蕾丝不以为然，"艾略特没有朋友。"

"闭嘴，格蕾丝！"我怒喝道，"我想你现在应该走路去学校了。"会飞的格蕾丝不喜欢走路去任何地方，而现在，因为有凯美在场，她不能暴露自己的超能力。

"这件事我们还没说完。"格蕾丝丢给我一个匕首般的眼神，然后把书包往肩头一甩，大步向学校走去。

就在我锁门的时候，我突然想到，除了姐姐以外，我还从没有和女孩单独相处过。

我们有些尴尬地对视了一眼，才开始并肩前行。

"说实话，她看上去挺可爱的。"凯美说。

"你根本不了解她。"我说道，"嗯，你来这儿做什么？"

"我上学的时候正好经过你家，所以我觉得，我可以和你一起走。"她说道，"毕竟你还是需要保护的。"

我转头去看她是不是认真的。她微微翘起的嘴角告诉我，她是在开玩笑。

"谢谢。"我对她说，"不过自从你打了那个恶霸以后，他就再没有出现在距离我五百里以内的地方了。"

"是吗？那真是抱歉了。我本来不想干涉你们的事，不过……"

"没事，这样挺好的。"我说道，"你做得对，我还没有向你道过谢。谢谢你。"

"不用客气。实际上，我不确定你是不是在家。你家的灯一直关着，那里整个晚上都是一片黑。"

"哦，是吗？"我回头看了道具屋一眼。当然，凯美是对的，现在那里还没有亮灯呢。我必须赶快找一个理由。"嗯，是啊，我爸爸在节约电费上过于神经紧张了。我们在家里全都习惯依靠直觉走来走去。知道吗？就像蝙蝠那样。"同时我在心里提醒自己：一定要尽快让技术霸主解决晚上黑灯的问题。

我必须改变一下话题了。

"那么，你是新来的，对吗？"

"是的。"凯美回答，"我的爸爸……经常搬家。我能说的就是，他不会在一个地方待太久。"

"噢，这听起来不太好。"我说。

"是的，就是因为这样，我没有太多朋友。"我从她低垂的双肩能看出来，这让她很难过。

所以她才会在这里等我？也许她知道，我也没有朋友。

"你一定知道许多关于南北战争的事吧？"我问她，"也许比吉茨太太知道的还要多？"吉茨太太是我们的社会学教师。她看上去有点像青蛙，尤其是当她穿上那件绿色高领毛衣的时候。

"哦，是的。"凯美说，"我很喜欢研究那些知识。我爸爸总是说，学习历史是好事，这样你就不会重复过去的错误了。"

"这话有道理。"我能看出来，她还有很多关于她父亲的话想说，但她没有继续说下去。考虑到我自己的家庭状况，我也不想逼她。

我们在沉默中走了一段路。

"那么，你觉得荣耀少女怎么样？"她问我。

呃，这个话题太出乎意料了。我很想说：**知道吗，几分钟前你遇到的那个臭脾气的老姑娘，就是刚和我一起被传送到地球上的荣耀少女。**

不过我知道，这样说过于惊人。于是我只是应了一声："嗯……"

"我觉得她是个自大狂。"凯美说。

"你真这么觉得？"我的声音提高了整整八度。然后，我清清嗓子，努力调整了一下语调："我的意思是……你真这么觉得?!"

"哦，行行好吧。"她说，"难道你没有在昨晚的新闻里看到她的样子？她霸占了整个屏幕。饶了我吧！真不明白她怎么这么火爆。我觉得她应该管自己叫自大少女。"

"没错，这是个好名字！"我哼了一声，我们还是有共同话题的，"那么，你不是她的粉丝，那你喜欢的英雄又是谁？"

"在漫画里还是在现实世界？"她问。

"你看漫画？"

"我当然看漫画。又不是只有男孩才能看漫画。"

"我不是这个意思。"我急忙澄清，"我只是从没有遇到过喜欢漫画的女孩。我看过很多漫画。"

"是啊，我也是。"凯美说，"现在回答你的问题，我最喜欢的漫画英雄是土星女孩。她非常厉害。"（译者注：土星女孩是美国一个漫画系列中的超级英雄，拥有强大的精神力量。）

"那在现实世界呢？"我又问。

"这个更简单。"她回答，"是洞察女士。"

"真的？"

"真的。她看上去很……接地气。你明白我的意思吧？"

"哦，当然，我明白。"

"那么你呢？"凯美问，"你喜欢谁？"

"也很简单。"我回答，"在漫画里，肯定是蝙蝠侠。在现实世界——"

"等等，"凯美打断了我，"让我猜猜。暗影鹰？"

"嘿，你怎么知道的？"我问。

"嗯，这样才合乎逻辑。暗影鹰不就是真实版的蝙蝠侠吗？他是这颗行星上最聪明、运动神经最发达的男人。"

"是的，我还从没有这样想过呢。他们的确非常像。"

"而且他们都像你一样，有点神秘。"凯美又说道。

我感觉到双颊一阵发热："你认为我神秘？"

"我认为你不是看起来这么简单，艾略特·哈克尼斯。"

我相信自己的脸现在一定比番茄还要红。幸好我们已经走到学校门口了。

"好吧，能和你一起上学和聊天，感觉很棒。"她说。

"是的，谢谢你保护我。"我说道，"你就像六年级的特勤局。"

她笑了："不客气。我们社会学课上见。"

然后，她就微笑着走远了。

…………

那一天，我在学校里经历的事情又变得一片模糊。凯美和我在课上又聊了一会儿。她问我放学后想不想去喝杯奶昔，但我还在被禁足。她没有问我为什么被禁足，这让我松了一口气。

放学后，好运气还在继续，我收到了一份新的"白痴集团"行动方案。

电枪 新工作。谁参加?

阿飘 算我一个!

精神错乱 我。

拳手 什么活儿?

电枪 黄金。卡车。

拳手 他们用黄金造卡车?

电枪 不是,笨蛋! 是用卡车运金子!

拳手 是我想错了。

精神错乱 时间?

电枪 午夜。

我打开蠕虫的联系人名单,确认了这个精神错乱不是善茬儿,是一个外号为"精神错乱医生"的恶棍,拥有等级一的精神力量。随后的信息让我的心一下子砸到了脚面上。

电枪 蠕虫,你加入吗?

拳手 我还留着你的撬棍呢。

太棒了,现在泄洪闸打开了。

我不知道该说些什么。难道要说"抱歉伙计们,感谢你们邀请我去抢卡车,但实际上我根本就不是蠕虫,只是一个十二岁的小孩,只是在我的超级英雄家人们收拾超能者坏蛋的时候错捡了他的手机"?

我深吸一口气,再用力呼出来。

放松,速战速决。

蠕虫 抱歉，我还有事。撬棍你留着吧。

行了吗？天哪，一定要成功啊！

电枪 好吧，没问题。

拳手 给我了？谢谢！

棒！我脱钩了。蠕虫少了一根撬棍。

等到那些罪犯再一次详细规划他们的抢劫行动时，我也得到了所需的全部信息。现在我能证明我的"梦"不是瞎猫撞上死耗子了。

我一直等到晚餐后，才找到闲待在餐厅里的妈妈和蓝闪电。没什么好怕的。

"妈妈，我又做了一个梦。"

"你又做梦了？"妈妈回答，"和我说说。"

"这次有四个恶棍。"我开始说道，"他们的目标是一辆运送黄金的卡车。其中三个和昨天晚上的一样，再加上一个有精神力量的。他们会在午夜动手。"

蓝闪电一眨眼就把大家都召集来了。我又把这件事简要说了一遍，格蕾丝脸上的表情真是多少钱也换不来。

现在，我只需要等待就好了。

小影和我玩起了接球游戏。大概在我们之前，还没有人把这个游戏玩这么长时间。

11 点的时候，英雄们打了一个在我意料之外的曲线球。因为上次恶棍逃脱了，自由力量决定提前出发，设置一个陷阱。我的超能力把戏就要永远结束了。

我不能让这种事发生。

所以，他们一离开，我就开始发信息。

| 蠕虫 | 警告！自由力量要设置陷阱！ |

| 电枪 | 什么？你怎么知道？ |

| 蠕虫 | 相信我。 |

我等待着。他们肯定会发信息来，告诉我计划取消了。

但我收到的信息却是……

| 电枪 | 不用担心。 |

等等，怎么回事？不用担心什么？这到底是什么意思？

他一定没明白我在说什么。

| 蠕虫 | 嘿！我说的是自由力量！ |

| 电枪 | 没错。我说的是不用担心。 |

有点不对劲。

这群白痴要怎么抵挡自由力量？

我开始有些心慌。如果这些罪犯认为他们能够对付全宇宙最强大的英雄团队，那么他们就一定有些真家伙。我必须警告自由力量，而且要快！

我带着小影跑向奇迹超脑，打开通信系统。

"原点呼叫自由之翼二号。"我开始呼叫。

没有回应，只有一阵阵静电噪声。

"原点呼叫自由之翼二号。"我又呼叫了一遍。

还是静电噪声。

这样一点也不好——我不得不帮助罪犯逃跑，还必须防止自由力量遭受埋伏。

我要想办法赶过去。

我不能使用传送机，因为那附近没有接收点。我必须找别的办法。我该怎么做？

就在这时，我突然想到了。

我把屏幕画面切换到机库。

它就在那里，等待着生命中最精彩的兜风。

自由之翼一号。

奇迹档案

蓝闪电

姓名：玛雅·威莲		身高：1.72米	
种群：人类		体重：61千克	
身份/状态：英雄/活跃		眼睛/头发：褐色/黑色	

奇迹等级三/超级速度	能力评分	
极限速度	战斗力 86	
极限耐力	耐受力 60	领导力 76
极限反应能力	策略 79	意志力 90

· 第八章 ·

什么都没有了，
我心灰意冷

在我做过的所有蠢事里，这也许是最有可能让我死掉的一次。我的计划很简单——开动自由之翼一号，把它设置为自动驾驶，冲上前线拯救自由力量。不幸的是，我的计划经常赶不上变化。

在哑剧大师和冷血鸟群的那场著名的战斗之后，我知道自由之翼一号已经没那么容易驾驶了，但我还不知道这艘飞船的自动驾驶功能也报废了。于是，我驾驶着这艘超声速飞船距离地面两公里时，转向轴坏了，自动驾驶功能也坏了，我根本不知道该怎样让这东西着陆。

让自由之翼飞出原点并不难。这么多年来，我用电脑上的飞行模拟程序驾驶过无数次自由之翼，很清楚该如何启动它，该如何让它飞行，但让它降落就完全是另一回事了。我从没有练习过着陆，毕竟飞行才是真正有趣的部分。

我又试了几次，想要和自由之翼二号取得联系，但我听到的仍然只有静电噪声。我的新手机和蠕虫的手机也都没再收到过任何信息。我的心空荡荡的，一定有什么地方出问题了。

只是我不知道问题是什么。

但现在不管什么问题都只能先等一下，因为转向轴坏了带来的麻烦比我想象中严重得多。这里的空气流动非常剧烈，总是让飞船偏离航线。我拉起操纵杆，想要提升飞船的高度，飞船却猛地向右一歪。我又急忙把操纵杆向下按，想要纠正航向。这样做有时候能让飞船恢复平稳，有时候也会让飞船转而向左歪。只是保持飞船稳定地朝一个方向飞，我就已经竭尽全力了。

现在飞船上还能正常工作的就只剩下导航系统了。飞船的导航系统能够自动与奇迹超脑进行信息同步，追踪所有超能力信号，提供相应的精确坐标。所以我很清楚那起犯罪案件在哪里发生。我只需要飞到那里，平稳降落，而不是一眨眼再飞出去几百公里。

天哪，我一定能做到！

希望如此。

另外，我还有一个小问题需要解决：等我到达那里时，我应该做什么？我需要帮那些坏人逃跑，这样才能继续我的伪装；同时又要确保好人不会受伤。看到我开着飞船就这么冲过去，爸妈一定会抓狂。这次谁会先向我动手，我其实真说不好。

就在我陷入沉思的时候，自由之翼忽然有了声音："目视确认 0300。"

我将屏幕画面聚焦在自由之翼标明的地点。那里有几十棵树，朝同一个方向倒在地上，仿佛有一台巨大的压路机刚刚从那里驶过，压倒了所有的树。我沿着那条毁灭之路向前望去，看到了一个巨大的火堆，滚滚黑烟直冲云霄。火堆中心是一样我非常熟悉的东西，尽管现在它已经变成了上百万块碎片。

是自由之翼二号。

两个念头划过我的脑海：第一，一定有某种异常强大的力量袭击了那艘飞船；第二，我驾驶的这艘飞船远没有自由之翼二号那么牢固。

我必须找到我的家人，然后尽快把他们从这里带走。

我很快就完成了第一个任务。

就在前方几公里处，仿佛正在进行一场出了错的焰火表演，到处都在绽放耀眼夺目的火光，伴随着震耳欲聋的爆炸声。我现在的位置还是太高，没办法看清地面上的人，但我至少能看见他们像热锅上的蚂蚁一样四处乱窜。

一种恐惧的感觉紧紧攥住了我的心——这一切都是我的错。我必须下去帮忙，但我首先要想办法平安落地，而不是一头跌死。

很明显，这里还有人在打着别的主意。

当我注意到那枚由紫色能量形成的火箭时，再过两秒钟，它就要撞上我的飞船了。我根本没有时间打开偏转护盾，只能绷紧身子，准备迎接无可逃避的剧烈撞击。

我没有失望。

爆炸声吞没了一切。我的头猛地撞在操控台上，这意味着固定住我的驾驶座从地板上彻底被拔了起来。我感觉一阵头晕目眩，仿佛灵魂飘出了身体。不过我总算还保持着清醒。我用了几秒钟适应这种状态，然后才意识到自己没有飘浮，而是在空中向下坠落。我的周围全都是自由之翼的残骸。

好消息是我还没有死。

坏消息是我要在几秒钟内采取行动，否则就会变成这个世界上最大的一摊薄饼。

我用右手摸索着打开座椅扶手盖板，找到触摸控制面板，小心地启动了安装在驾驶座椅底部的喷射引擎。引擎喷出气流，产生的推力减缓了我的下降速度。我暂时安全了。但我知道，喷射引擎的燃料只够让我着陆。而我必须马上找到安全着陆的地点，否则，下一枚紫色火箭就会把我炸得粉碎。

随着我的高度逐渐降低，地面上传来的爆炸声变得越来越大——我正在接近战场。我尝试让座椅转向，但飞船转向困难的毛病似乎传染给了这个驾驶座椅。我只能勉强把下落方向调整到一个我认为远离战斗的地方。

与此同时，一个细节一直在我的脑海中不断回旋。

那枚能量火箭是紫色的。

据我所知，只有哑剧大师能够制造紫色的能量体。

但我没有时间去思考这个问题，情况正在恶化，而且恶化的速度非常非常快。

"看啊，看啊，"一个熟悉的声音响起，"看看是谁掉下来了。"

我的椅子猛地撞在蠕虫面前。在蠕虫身边还有一个戴面具的蠢货。

"他想得倒是真周到，还自己带了前排座椅过来。"蠕虫又说道。他将一双细瘦的胳膊交叉抱在胸前，脸上一副得意扬扬的神情。挂在他脖子上的那个小球还在一下一下地闪耀着，而且速度比我上次看到的时候更快了。

另外那个家伙我是第一次见到。根据奇迹档案的记录，我能断定他不是电枪、拳手或精神错乱医生。他的个子很小，可能比我还矮，身上的超能者制服印着一种奇怪的黑白同心圆图案。他还用面具遮住了眼睛，留着黑色的莫西干头和山羊胡子。他就是阿飘吗？

我想站起来，但我被椅子的安全带固定住了。我连安全带都忘记解开了！

"没关系，不必因为看见我们就站起来。"蠕虫把手伸到我的口袋里，拿出他的手机，"衷心希望冒充我能让你感到有趣，尽管我还不太确定你为什么要冒充我，不过很感谢你的所作所为。知道吗，在我知道你是谁之后，通过你给你的家人们设下陷阱就变成小菜一碟了。"

"你不可能对抗自由力量！"我高声说道。

那个恶棍笑了。

"哦，我并没有计划对抗任何人。"蠕虫冷笑着说，"我认为看着他们自相残杀才更有意思。"

蠕虫把我的椅子转过去，眼前的景象让我一下子忘记了呼吸。

自由力量正在全力奋战，而他们的敌人就是他们自己！

哑剧大师正操纵一把巨大的紫色钳子，要将蓝闪电夹住；技术霸主挥舞着射线枪追杀暗影鹰和格蕾丝；妈妈用意识控制逼迫爸爸跪在地上。

"停下！"我喊道，"让他们停下！"

"怎么了？"蠕虫问，"你从没见过你父母吵架吗？"

"你……你是怎么做到的？"我结结巴巴地问。

"这可是一个非常吸引人的故事。"蠕虫单膝跪下，"你想要听听吗？"

我点点头。

"好吧。你知道吗，有一天晚上，那时真的很晚了，我坐在我的房车外面，喝着一罐啤酒，为我糟糕的生活感到难过。就在这时，最不可思议的事情发生了。一样真正的大礼从天而降。当时我只能确定，那个东西有大麻烦了。它被火焰包裹着，拖着长长的一股黑烟。我看着那可怕的东西落下来，一直撞进群山之中，发出一阵巨大的爆炸声。我马上就知道，那不是一架飞机，也不是其他任何……人造的东西。"

蠕虫抹了抹嘴唇："我迅速喝完啤酒，就跑进那片山里。那东西造成的撞击非常猛烈，在地面上犁出了一道几公里长的深沟。所以我没费多少工夫就找到了它——我找到的是一个飞船的船舱。它就像一个鸡蛋，从中间裂开一道缝，彻底变成了两半。你绝对猜不到我在里面找到了什么。来吧，猜猜看。"

"我不知道。"我焦躁地说，"给点线索。"

"飞船的驾驶员。你能相信吗？那个倒霉鬼还活着，正平躺在船舱里。他的皮肤是呕吐物一样的黄色，眼睛绿得发亮，还有一双尖耳朵。他喘气都很困难，不停地咯着黑血，真是太恶心了。就算没有医生，我也能看出来他的情况很不好。瞧他上下打量我的样子，我知道我不是他想见到的人。但俗话说得好：'早起的蠕虫有鸟吃。'他一直用力地抱着一个盒子，就像在保护一个婴儿。他告诉我，一切都要指望我了，我应该拿走那个盒子，但不能打开它，而是要把它藏在'其他人'找不到的地方。他说宇宙的存亡全系于此。你知道随后发生了什么吗？"

我摇摇头。

"他死了。我根本不知道'其他人'是谁。不过说实话，我也不在乎。这世上可没有得到礼物却不能打开的道理，对吧？我当然打开了那个盒子，而盒子里面就是这个漂亮的小宝贝。"蠕虫抓住那个小球，用拇指摩挲它光滑的表面。

"我本来觉得可以把它当掉。对吧，搞点钱，也许我就能在佛罗里达退休了。但就在那时，一些奇怪的事情发生了。这个球开始和我说话。它当然没有嘴，也发不出声音，但它的话直接出现在了我的脑子里。一开始，我还以为我疯了，但……它一直告诉我，我现在是这颗星球上最强大的生物。它一遍又一遍地这样对我说，我没办法让它停下来。你能相信吗，我，一个等级一的奇迹者，是这颗星球上最强大的生物？一开始，我也不相信，但它让我看到了我能做些什么。"

蠕虫的目光越过我的肩膀，向还在战斗的英雄们望去："那时，我开始相信它了。"

我看着他脖子上的小球。这里全部的疯狂都是因为它，蠕虫利用它控制了自由力量！所有线索开始在我的脑海中连在一起。奇迹捕手出现的时候，蠕虫已经拥有了这个球。那个巨洞！一定是蠕虫挖开地壳，解救了奇迹捕手。那样的话，他就能控制奇迹捕手了！

那艘外星飞船一定是光灵的！

我要拿到这个小球，我要把它从蠕虫手中夺过来。

"没有这个球，"我用嘲讽的语气说道，"你仍然只是一个废物。"

蠕虫重重地抽了我一巴掌。

"我需要纠正你一下。"蠕虫绕到我面前，"我曾经是一个废物。根据你们的定义，所有等级一的奇迹者不都是废物吗？我们就是奇迹者嘴里的笑话！不适合的人！小丑！看看我们，我们也拥有神奇的天赋，却毫无用处。于是我开始想，如果换个样子呢？如果情况彻底反过来呢？"他一直看着战斗中的英雄们，"你想让我阻止他们打下去，对吧？"

我点点头。

"看这边！"蠕虫喊道，"停下！"

英雄们一下子定住了。

"到这边来！"他命令道。

英雄们转过身，向我们走来，就好像机器人一样。

"这些就是这个世界上最强大的英雄。"蠕虫说，"他们全都听我的指示。我说'跑'，他们就会跑。我说'攻击'，他们就会攻击。我觉得我可以把他们留下。也许我能让他们成为一支奇迹军队。不过，英雄总是能找到方法拯救世界，不是吗？呸，我觉得还是除掉他们最妥当。"

"等等，"我说，"你是什么意思？"

"我要除掉他们。你看到我的同伴了吗？他叫阿飘。"

那个小个子向前走了一步。我当然知道他！

"他看起来很不起眼，对不对？"蠕虫继续说道，"不过是又一个一钱不值的等级一奇迹者，一个像我一样的废物。难道你不觉得，如果世界上没有那么多等级二和等级三的奇迹者，情况就会有所不同？难道等级一的奇迹者就不应该得到一个机会，成为这颗星球上最强大的生物？"

"等等，你打算干什么？"我问他。

"阿飘，"蠕虫说，"除掉他们。"

那个小个子又向前走出一步，张开双手："我还从没有一次对付过这么多人。"

"等等！"我喊道，"住手！"

突然，一个巨大的黄色圆环从阿飘的双手间释放而出，围绕住自由力量。随后，圆环开始旋转，同时不断交替扩张和收缩，而且速度越来越快。随着一道巨大的呼啸声，圆环向内压缩，连同自由力量的成员全部消失了！

"不！"我惊呼一声。

我的家人们，他们曾经站立的地方什么都没有了。我的眼前只剩下一片斑驳的泥土和荒草。我没看错，真的只有泥土和草。这都是我造成的——是我让他们来到这里，是我把他们引向死亡。

蠕虫向我走过来："我们的确没想到你会来，不过这样我们的麻烦就又少了一个。"

他从背后拔出一把小刀。

我可以逃跑，但那又有什么意义呢？我什么都没有了。现在我只觉得非常疲惫，头昏眼花，眼皮上仿佛挂了两只铁锚。我感觉到自己放弃了生的希望，正在一步步滑向黑暗。我只想和我的家人们在一起。

但落在我身上的不是锋利的刀刃，而是另一种完全不同的感觉，仿佛我被举到了半空。

"嘿！"蠕虫喊了一声。

我低下头，才注意到蠕虫正变得越来越小。

我完全不知道发生了什么。

我又向上看去。

在最初的一瞬间，我觉得自己看到了一只苍蝇，它闪动着一双绿宝石一样的明亮眼睛，带着我一直飞向高空。

然后，我就昏了过去。

奇迹档案

蠕虫

姓名：哈罗德·斯腾特	身高：1.7米
种群：人类	体重：60千克
身份 / 状态：恶棍 / 活跃	眼睛 / 头发：褐色 / 秃头

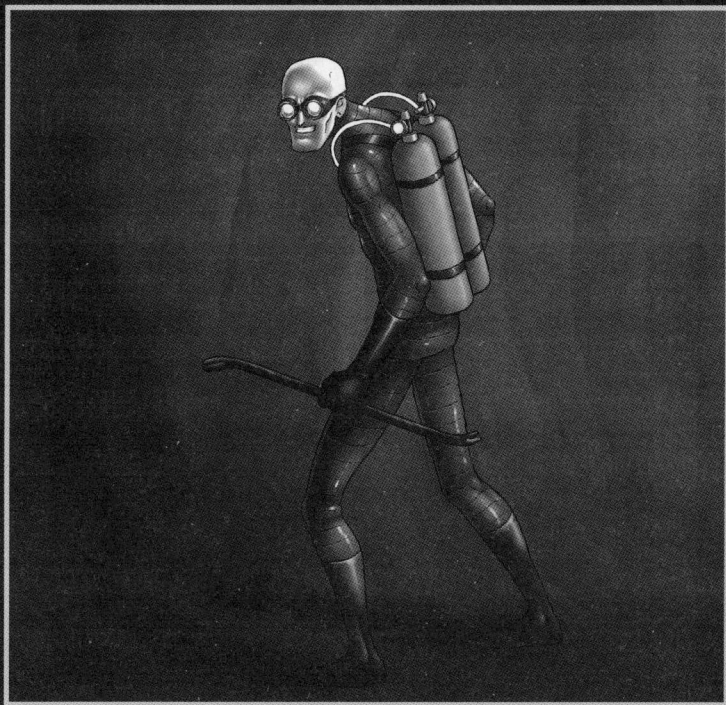

奇迹等级一 / 变身超能力	能力评分	
有限钻洞能力	战斗力 24	
有限身体润滑	耐受力 30	领导力 15
有限夜视能力	策略 20	意志力 40

·第九章·

我人生中的
震撼时刻

"艾略特！"

我听到远方传来一点轻微的声音。

"艾略特！"

然后，我感觉到脸被狠狠地打了一下。

"艾略特！"

口水好像正沿着我的下巴流下去。

我睁开眼睛。一切都很模糊，带着重影，但我还是能勉强分辨出面前有一个人影。从体形看，我知道那是一个女孩。我的视线以极为缓慢的速度开始对焦，我渐渐看清了她的样子。她也正在注视着我，用那双明亮的绿眼睛。我认识这双眼睛。

"凯……凯美？我在哪里？"

我揉搓着面颊，感觉痛得要命。她刚刚是抽了我一下吗？

我看了一眼周围。现在应该是早晨了，我们正在道具屋门前。一开始，我以为自己是在做梦，不过我很快就发现，我还被固定在自由之翼一号的驾驶座椅上。看来我的运气没有那么好，这并不只是一个噩梦。

"你在这里做什么？"我问。

"你不记得了？"凯美说，"是我救了你。"

"你做了什么？"我难以置信，"怎么救了我？"我努力寻找一切还能回忆起来的线索，然后，我全都想起来了：

蠕虫，小球，阿飘，我的家人，还有那只苍蝇，有着明亮的绿色……绿色……

我紧紧盯着凯美的眼睛，同时把许多信息归结起来。

"你……你就是那只苍蝇？"我结结巴巴地说，"和奇迹捕手的战斗结束后，落在我身上的那只奇怪的苍蝇也是你？"我解开安全带，跌跌跄跄地站起来，依然感到两只脚不太稳当，"你是谁？你想从我这里得到什么？"

"哦，放松。"凯美翻了个白眼，"难道你不觉得，如果我想杀你，我早就动手了，或者尽可以让蠕虫代劳？"

我犹豫了一下："也许吧，或者，你还想把我的家人都杀死，就像蠕虫一样。"

"艾略特，"凯美说，"对于你家人的事，我真的很难过。我没想到会出这种事。相信我，如果我能预料到，我一定会救他们。我知道像你这样失去自己心爱的人是什么感受。知道吗？蠕虫证实了我最害怕的事情。我的父亲死了。"

她的父亲？她在说什么？

我很快就明白了她的意思——那个驾驶飞船一头撞上地球，不得不将小球托付给蠕虫的外星人……我觉得自己好像光着身子被浇了一桶冰。

"你的父亲是光灵！"我失声喊道，"也就是说……"我下意识地躲到了驾驶座椅后面。

凯美微微一笑："推测正确。"就在我眼前，她从我认识的女孩变成了一个相貌相仿的外星人。她的眼睛本来像是两颗翡翠，现在这两颗翡翠仿佛被注入了奇异的能量，绽放出莹莹绿光；皮肤呈现出一种白皙的浅黄色；两只耳朵向上竖起，一直伸到了额角。她的衣服也从普通的学生装变得更有……贵族风范——白色上衣和裙子都多了一道金边，厚重的黄金珠宝环绕在她的脖子和手腕上。

"我的本名是凯明·日光。"她的语气郑重了许多，"我是光灵帝国首席科学家的女儿，或者，至少曾经是。"

暗影鹰告诉过我许多关于光灵的恐怖事情，现在这些事情全都跳进了我的脑海里。"你是坏人，你来这里是为了占领地球。"

"不，艾略特。"凯明说，"我来这里不是为了占领地球。我来这里是为了拯救地球。"

"是的，没错。"我一边说，一边在脑子里规划逃跑路线。

"告诉我，"凯明继续说道，"所有人类都一样吗？你和蠕虫的想法是一样的吗？"

"不，"我回答，"这太荒谬了。"

"正是如此，不是吗？"凯明耐心地对我说，"但你在以同样荒谬的理由指控我。既然人类并非完全一样，你一定能理解，光灵也各不相同。大多数光灵的确只想征服其他文明，但我们之中还有勇敢的少数派，相信在这个宇宙中有另外的相处之道。我的父亲就是其中之一。所以他才会偷走湮灭球。"

"什么球？"

"湮灭球。"凯明说，"它是某种能够在宇宙中生存的寄生虫，是有知觉的暗物质体。它一直在寻找无法被满足的欲望，因为这种欲望就是它的食物，能够让它变得更强大。它的力量会随着宿主欲望和想象力的提高而不断增强。"

"所以你的意思是，那个球正在以蠕虫的欲望和想象力为食？"

"是的，而且它每天都在变得更强大。"

"那么，你怎么对这个……湮灭球了解得这么多？我怎么知道这一切不是你编的？"

凯明低下头："就像你说的，我的同胞是征服者，或者不如说是毁灭者。他们一直在寻找更强有力的手段来拓展我们的帝国。我们用了许多个世纪寻找湮灭球。有人认为它只是一个传说——一个用来吓唬小孩子的传说，但皇帝相信它是真实存在的。他命令我们翻遍宇宙的每一寸空间，一定要把它找到。许多人认为这样做毫无意义，直到有一天，皇帝的梦想终于成真了。"

凯明抬头看向天空："我们接收到一个奇怪的信号，来自一个荒凉星系的尽头。最终我们确定，这个信号的源头是一颗发生内爆的巨大的恒星。根据我们的计算，那颗恒星不应该在那个时间点消亡。我们的科学家完全无法解释这一现象。于是我们认为，那里一定发生了某种非自然的事情。一支探测队很快就被派往那里进行调查。过了许多个天文周期，我们几乎已经放弃了查明真相的希望，但最后一架无人侦察机有了重大发现，就是那个球。当时它正位于一颗无名卫星的表面，而那颗卫星环绕着一颗贫瘠荒凉的行星运转。没有人知道湮灭球怎么会到了那里，但我们的确找到了它。"

她停顿片刻。我注意到她的声音变低，双手攥成了拳头。

"它被带回光灵星。我的父亲是首席科学家，自然接到任务，要确认这个球的作用。他是一个好人，既有超人的智慧，又有一颗高尚的心。一天晚上，他走进我的房间。那时，仿佛整个宇宙的重量都压在他的肩上。他在我身边坐了很长时间，一直紧闭着嘴。然后，他告诉我，那个球在对他说话，每次他碰到那个球，那个球就会怂恿他去做危险的事情。我问他什么是'危险的事情'，他却不肯说。

"我们就这样静静地坐了一段时间。然后爸爸告诉我，湮灭球出现在那颗卫星上不是偶然，是有人把它放在那里的——目的就是把它放在远离一切文明的地方，不让任何人找到它。爸爸又说了一些更加令人吃惊的话。他告诉我，是湮灭球自己进行了一番谋划，才重新获得自由的。不知道它用了什么办法，竟然说服了那颗恒星爆发成超新星，放射出一道超高能光线，穿透了整个大星系，所以我们才能发现它。父亲自言自语：'如果它拥有如此不可思议的力量，竟然能说服一颗恒星爆炸，那么在光灵皇帝的手里，它又能做出什么事来？'那时，我和父亲都知道必须采取怎样的行动。他要我承诺会坚强，永远不会显露软弱。那是我最后一次见到他。"

"于是他偷走湮灭球，把它带到了地球？"我说道，"地球人还真要谢谢他。"

"我父亲是一位和平主义者。"凯明说，"他降落在地球上不是他的错，是我的错。"

"什么？"

"要知道，在我们的世界，血缘是一种强有力的纽带，能够让我们的精神在某种程度上直接相连。我父亲把我藏在了他信任的朋友那里，但在他离开后，那朋友背叛了他。我被交给了皇帝，并受到了……拷问。他们利用我的精神连接追踪我的父亲，在太空深处找到了他。经过一场惨烈的战斗，父亲获胜了，但他的飞船遭受了严重的损伤。地球是当时距离他最近的可着陆行星。他想要在这里降落，修复飞船。就在那时，他和我失去了联系。是我出卖了他。我一直在等待他再次和我联系，但从那以后他就杳无音信。我担心他已经死了，只是我还无法确定。现在，我可以确定了。"

泪水从她的眼睛里涌出来。

"我很难过。"我对她说。

"那以后，我以为他们会杀了我。"凯明继续说道，"没有杀我是他们的错。我保存好自己的力量，找机会偷了一艘补给飞船，沿着父亲的路线来到地球。幸运的是，补给飞船的燃料刚好够我完成这次航行。我发誓要完成父亲未竟的事业。刚在地球着陆，我就感觉到了湮灭球巨大的能量。那实在太明显了，就好像它正在召唤我。我找到那种感觉的源头，就发现了你。"

"我？"我问道，"我和这些事又有什么关系？"

"你，艾略特·哈克尼斯，是宇宙的拯救者。"

"什么？"我难以置信，"你是不是疯了？如果你真的对我有一点了解，你就知道，我一遇到危险就会晕过去。"我的两只脚开始向道具屋挪过去，"听着，对于你父亲的事情，我真的很抱歉，但现在，我只想回我的房间去，蜷缩成一个小球，再也不出来了。"

就在这时，一个不太寻常的情况吸引了我的视线。

道具屋的门虚掩着，露出一道缝隙。

这扇门从来都是锁上的，我们不会任由它就这样开着。

绝对、绝对不会。

"出什么事了？"凯明问。

我推了一下道具屋的门，门在一阵尖锐的声音中彻底打开。尽管屋子里非常暗，但我还是立刻察觉到有什么地方不对劲。我打开了灯。

一开始，我以为这个屋子遭到了抢劫。桌子和椅子都被掀翻，书架空了，电视被打烂，到处都是被撕碎的照片。但我很快就意识到，这不是入室盗窃。屋子里所有东西都还在，只是完全被毁掉了。

无论是谁干的，都不是为了偷东西。

他们是在找东西。

我的目光立刻落到墙边那张小桌上——自由女神小雕像歪倒在一旁，遮住传送机的大镜子从上到下出现了一道裂缝。我一下子没有了呼吸。有人找到了传送机！

这时，我想起小影。

"我必须走了！"我说着冲进了屋。

"我和你一起去。"凯明迅速跟在我身后。

我一拽自由女神小雕像，碎裂的大镜子缩进屋顶。它的后面就是传送机。如果这台机器稍稍损坏一点点，组成我身体的原子就会被传送到冥王星去！传送机看上去没什么问题，但说实话，我根本就不知道该怎样确认这台机器真的没问题。现在使用它很有可能给我带来灭顶之灾。

"这个原始的设备是做什么用的？"凯明向这里看过来。

"这是一台传送机。"我回答了她，"它能够把人传送到我们在太空的秘密总部。听着，我很感谢你救了我，但我不能保证这东西还可以正常工作，所以，如果你现在想要退出，我完全能够理解。"

"艾略特·哈克尼斯，"凯明露出难以置信的表情，"我曾经做过光灵皇帝的俘虏，被酷刑折磨，又从光灵帝国逃出来，难道现在我会被一台可能出错的亚原子机器吓跑？"

"呃，好吧，"我耸耸肩，"那么，我们走吧。"

我们走进传送机，舱门在我们身后自动关闭。随后，我们就看着头顶的控制面板从绿色变成了红色。想到这台机器可能让我们变成不知道什么样子，我不由得有些反胃。不过我的大脑已经在拼命思考，到底是谁洗劫了道具屋？更重要的是，传送机的另一边有什么在等着我们？

再过几秒钟，我们就会知道，无论我们是否做好了准备。控制面板变回绿色，舱门打开。凯明和我跳出传送机，准备拼死一搏。

只是，什么事都没有发生。

房间是空的，弥漫着一种怪异的寂静。我本来还希望小影会来迎接我们，但它没有出现。或许它已经在这里了，只是还在隐身？

"小影？"我悄声喊道。

没有回应。我开始伸手到桌子下面去摸索，想知道它是不是躲在那里。它在睡觉？还是发生了可怕的事情？

"你在做什么？"凯明悄声问我。

我这才想到，凯明不认识小影。所以现在，我的行为看上去像是有些发疯。我决定暂时把小影作为一个小秘密，以防凯明背叛我。

"呃，没什么，"我说道，"只是在找爆能枪之类的东西。好了，我们走。"没有找到小影，这让我非常非常紧张。

我们向监控室走去。虽然整个原点一片寂静，但我能感觉到这里有人。

"欢迎回家。"一个充满恶意的声音钻进我的耳朵。

楼梯的第一级台阶上坐着一个瘦骨嶙峋的面具人。他穿着一件绿色的超能者制服，两道白色闪电从他的双肩延伸到胸前。他的头发颜色雪白，又尖又长地竖在头顶，就好像面包机里插了几把匕首。我马上认出了他，是电枪！

我转身要逃，却发现一个大汉堵住了我们身后的门。和他庞大的身躯比起来，他的头实在是太小了。他戴着强盗风格的面具，制服的肩膀上镶着粗大的铜钉。是拳手！

"蠕虫认为你们有可能想要回家。"电枪说，"你们在这里住得不错，就是收比萨外卖有点不方便。不过我可以适应。"

"你们在这里干什么？"我问道。

"我们需要进入禁地监狱。"拳手说。

"闭嘴，你这个大笨蛋！"电枪喊道，然后又转头对我说，"这和你无关，孩子。"

"抱歉。"拳手看上去就像把冰激凌甜筒掉在了地上。

"你们为什么要进入禁地？"我继续问道。罪犯想要靠近那座监狱，我能想到的理由只有两个：或者是杀死监狱里的某个人，或者是帮某个人越狱。

"既然这样，也就不用藏着掖着了。有消息说，你这里有禁地监狱全部的蓝图。把东西藏在这种地方的确很聪明。但现在我们已经来了，我建议你让事情简单一点，告诉我们藏蓝图的地方。否则，你和你古怪的女朋友可能就要吃点苦头了。"

"凯明，"我悄声说，"快变成小虫子，先保护好自己。"

"不，艾略特，我和你在一起。"

"好了，我们该怎样才能让情况不那么复杂？"电枪喝问道。

"你去死吧！"我回敬了他。

"那么，想省些力气看来是不可能的了，对吗？"电枪提高了嗓音，"你们听到了，伙计们，让他们知道知道厉害。"

伙计们？除了电枪以外，我只看见了拳手。

但就算只有这两个恶棍，我们也无处可逃。

我们被困住了！

电枪

姓名：卡尔文·夏普	身高：1.9米
种群：人类	体重：100千克
身份 / 状态：恶棍 / 活跃	眼睛 / 头发：蓝色 / 白色

奇迹等级一 / 能量操纵	能力评分	
产生有限电能	战斗力 51	
	耐受力 32	领导力 24
对电能伤害免疫	策略 31	意志力 45

· 第十章 ·

我撒了谎，
现在我的人生遭受了重创

"艾略特·哈克尼斯，使用你的力量吧！"凯明和我背靠背站在一起，向我喊道。

我盯着拳手——他肌肉膨胀的身体塞满了整个门口。凯明面对着电枪——那个恶棍堵住了楼梯，正准备上演一场近距离的烟火秀。

"你在说什么？"我问她，"我没有超能力。"

"赶快把你的力量用出来。"凯明命令道，"快！"

"我不知道你在说什么！"我吼叫着。

我听到一阵爆裂声，不由得回头望了一眼，只见电枪的手指尖闪耀起一道道电光，细长的白色闪电直奔凯明而来。

我以为凯明会躲开，但她的双脚牢牢地站在原地。我不假思索地抓住她的胳膊肘，把她拽到了身后，随后我的胸口就生出一股强烈的灼烧感。电流越过我的头顶，准确地击中了拳手的脸，让这个扑上来的大个子停在半路。

"哎哟！"拳手哀号一声，"好疼啊！"他头晕目眩地又向前迈了一步，但他全身膨胀的肌肉都开始剧烈收缩。"为……为……为什么你要……要打我……"他的眼珠向上一翻，重重地倒在地上。他的身体又抽搐了几秒钟才没了动静。

他再也没有动一下。

我低头看向自己的胸膛。我的衬衫被烧焦了，但看上去，那股电流甚至根本没有碰到我的皮肤。我抬起头，发现在场的人都张大了嘴盯着我，只有一个人除外。

"干得好，艾略特·哈克尼斯。"凯明说，"现在该我了。"她变成一只苍蝇，径直向电枪撞了过去。

这一下撞击的力道非常大，电枪的头一下子磕在楼梯踏板上，身子在地上缩成一团。还没等电枪爬起来，凯明就像一股带翅膀的旋风，一下又一下地撞击电枪。很快，这个恶棍也翻起白眼，瘫倒在地上。

结束了。

"干得漂亮。"一个沉闷的声音响起，"但你们还是要死。"

我猛地转过身，只见一个身材矮小的男人从阴影中走了出来。他有一颗鸡蛋形状的脑袋，戴着墨镜，穿着一件绿色的外科手术服，外面披着一件医生的白大褂。

是精神错乱医生！

所以电枪喊的是"伙计们"！精神错乱医生是等级一的精神力量超能者，这意味着他会丢给我们一个无法抵挡的催眠术！我们根本没有时间做出反应！

我打起精神准备迎敌。突然，精神错乱医生的背后仿佛有一股力量击中了他，他向前飞过来，头撞在楼梯下面，倒在那里昏了过去。

小影出现在我面前，不停地摆着尾巴。

我张开双臂将它抱住："好孩子！真高兴能看见你。"

它一下一下地舔着我的脸，我感觉到泪水从我的面颊上滚落，因为我知道，这个毛团是我仅存的家人了。

凯明飞过来，小影发出一阵低吼。

"这个生物可以信任吗？"凯明恢复了她平时的样子。

"我觉得它在思考同样的问题。"我遮住脸，把泪水抹去，"电枪攻击的时候，你为什么一动不动？你会被杀死的！"

"但你不会让这种事发生，"凯明回答，"对吧？"

"是的，我不会。"我说，"我不会躲在后面，让你被烤焦。"

"这正是我希望的。"她说，"如果你要拯救宇宙，你就不能显露自己的软弱。"

"宇宙？去他的宇宙吧。"我摸了摸胸口，又低头透过衬衫看去，想看看自己有没有受伤，但我身上的确没有留下任何痕迹，"刚才我为什么没有变成烤面包？"

"我还希望你能告诉我。"凯明说，"毕竟，这是你干的。"

"实际上，"我告诉她，"我不知道自己做了什么，也不知道自己是怎么做的。那股电流击中了我的衬衫，然后就从我身上跳开了。电流甚至没有碰到我的身体。这是什么能力？"

"我只能把我看见的告诉你。"凯明说，"在对抗奇迹捕手的战斗中，我找到你的时候，你的情况非常危险。我以为那只野兽会把你撕得粉碎，但让我惊讶的是，他什么都没干。他那时想要探索你的超能力，却被你体内的某种力量完全压制了——哪怕这种压制可能只有一瞬间。当然，那时你没有意识到奇迹捕手受到了蠕虫的控制。或者可以说，是湮灭球控制了蠕虫，进而控制了奇迹捕手。所以，当奇迹捕手感应到你的力量时，我听到了一种声音。就算再过一百万个世纪，我也无法想象自己能听到这种声音。"

"你听到了什么？"我问。

"我听到那个球在惨叫。"凯明回答道。

"嗯，你听到它怎么了？"我又问了一遍。

"我知道这可能很奇怪，"凯明向我解释，"但我降落在地球上的时候就察觉到，我和那个球有一种精神联系。这种联系非常微弱，但的确存在。不管是什么原因，我确实能够感觉到它的存在。一开始，这让我大吃了一惊，我无法理解这到底是怎么回事。但我逐渐明白了，那个球和我的父亲有直接的精神联系，而我父亲和我有直接的精神联系，于是，它就和我有了联系。我不知道我和湮灭球之间的这种联系是否牢固，但它是真实存在的。正是通过这种联系，我才能够追踪到湮灭球，并找到你。就这样，我发现了一件最令人感到惊讶的事情。"

"好了，别卖关子了。"我说，"我很想知道，还有什么事情能让你感到惊讶。"

"艾略特·哈克尼斯，湮灭球害怕你。"

"什么？"我笑着说，"它害怕我？你一定是疯了。"

"你是唯一能抓住它的人。"

"好吧，"我说，"你只能告诉那个球，让它先排队等一下。因为我现在唯一感兴趣的，就是抓住那个夺走了我家人的浑蛋！"

"警报！警报！警报！"奇迹超脑忽然响了起来，"等级一干扰。能量信号识别为蠕虫。警报！警报！警报！"

"来得正好。"我向监控室走去。但我忽然想到，不能让这些恶棍就这么躺在这里。我跑到装备室，拿了一些工业用高强度电缆，和凯明一起迅速把他们绑了起来。

"小影，"我说，"你能把这些家伙拖进储藏室锁起来吗？"

小影看看大块头的拳手，又看看我，支棱起一只耳朵。

"小影，"我又说道，"别想——"

它已经消失不见了。

好吧，老狗只会走老路，永远也学不会新办法。但我没时间和它谈判了。

"听着，"我用不容置疑的口吻说，"如果你把这些家伙锁起来，我就把一整袋小狗零食都给你，成交？"如果我能在今天活下来，我完全能想象自己还要收拾什么样的烂摊子。

小影重新出现在我眼前，不停地摇着尾巴。

"好狗，"我说，"赶快行动。如果他们中有人在被锁起来之前醒过来，那么交易就取消。"

小影舔舔嘴唇，叼住了拳手的脚。

我向凯明说了一句："跟我来。"

我领着她走上楼梯，进入监控室。这里的屏幕上都闪烁着等级一警报。我跳上指挥座椅，开始在键盘上输入命令，寻找蠕虫的精确位置。

他在禁地，和电枪说的一样。他有什么越狱计划？地球上所有恐怖的恶棍都被关在那里，他想要解救谁？巨像吗？还是黑云？就在这时，我想到了他在谈论自由力量时说过的那句话："**也许我能让他们成为一支奇迹军队。**"

一个奇怪的念头从我的脑海中闪过。

他是不是想要释放所有恶棍？

天哪！

"凯明，"我说道，"再和我说一遍，那个球有多强大？"

"我告诉过你，"她说，"能够限制湮灭球能力的只有宿主的想象力。"

"是的，你是这么说的。"我意识到，也许蠕虫的想象力远远超过了我的希望。看样子，阻止湮灭球成了现在的首要任务，而我似乎很走运，是这个不太正常的宇宙中唯一能够完成这个任务的人。

我转向凯明："好吧，那么我该怎么抓住那个湮灭球？你有没有什么说明书之类的东西还没给我看？或者，我应该直接把它从蠕虫的细脖子上拽下来？"

"很不幸，事情没这么容易。"凯明说，"如果你直接碰到湮灭球，它就会试图控制你的意识。我们不能冒这个险，所以我们必须找到护盾盒。"

"护盾盒又是什么？"我问她。

"在我父亲离开光灵星的时候，他告诉我，他制造了一个特殊的容器，用来囚禁湮灭球。他称那个容器为护盾盒。我不知道那是用什么做的，但我知道，它能够有效地阻止湮灭球和生物直接发生接触。我的父亲就是依靠它才没有受到湮灭球的精神控制。如果我们能找到护盾盒，我们就有可能捉住湮灭球。"

听了凯明的讲述，我想起蠕虫曾经说过，那个外星人给过他一个盒子，他打开了盒子，然后……

"我知道那盒子在哪里！"我说。

我开始敲击键盘。

蠕虫的档案出现在屏幕上。

"蠕虫说他亲眼看到了你父亲的太空飞船坠毁，那时他就坐在他的房车外面，所以他应该是住在房车公园。他说那艘飞船落在了山里，所以他所在的停车场一定是在山地边缘。"我用三角定位法确定了蠕虫最近四个星期的能量信号，又将能量信号和所有房车公园以及停车场与山地之间的距离进行交叉对比。具体的工作当然都可以交给奇迹超脑。一分钟后，一个坐标出现在屏幕上。

胜利！格兰特城房车公园，道具屋以西 101 公里。

"那是他的家？"凯明问。

"是的。"我回答道，"但两艘自由之翼都坠毁了。我们可以先乘传送机到地面。那以后，我就没有合适的交通工具了。也许我们可以搭便车？"

凯明不以为然地摇摇头。"艾略特·哈克尼斯，你忘了？"她变成苍蝇，"我曾经带着你飞过一百多公里。这点路又算什么？"

奇迹档案

拳手

姓名：邓肯·米克斯	身高：1.96米
种群：人类	体重：159千克
身份 / 状态：恶棍 / 活跃	眼睛 / 头发：褐色 / 黑色

奇迹等级一 / 超级体能	能力评分	
有限力量	战斗力 65	
有限坚不可摧	耐受力 50	领导力 34
有限地震踏步	策略 40	意志力 68

·第十一章·

我参加了一场
外星人的葬礼

我们让小影看家，为此又给了它十颗零食作为报酬，以确保它能忠于职守。然后我们就乘传送机回到了地球。

我重新把自己固定在驾驶座椅上，凯明就这样提着我跨越了 101 公里的陆地和海洋，中间甚至没有休息一下。这可真是一只超级苍蝇！我们这一路飞得很快，不过我还是让凯明回答了几个一直在我脑海里打转的问题。

首先，我知道了所有光灵都是变身者。他们的基因组成与人类非常接近，所以很容易就能变成人类形态，但要变成基因完全不同的物种肯定会困难得多。大多数光灵只能变成一两种其他生物，不过也有一些光灵天生就拥有一种罕见的能力，能够不受限制地变化成任何生物形态。这样的光灵一出生就会从家中被带走，被训练成擅长猎杀的精英武士。凯明告诉我，由那种武士组成的部队如果翻译过来，大概的意思是"鲜血使徒"——听起来肯定不是什么气氛欢快的社团。

其次，我知道了凯明的特殊变身——苍蝇，是一种比我想象中游历范围更广的昆虫。苍蝇第一次到达光灵星是在数千年前，那时它们偷偷登上了一艘访问地球的光灵侦察飞船。凯明在苍蝇状态下拥有不可思议的力量，由此能够推测出，苍蝇在抵达外星球后至少经历了某些进化。不过除此之外，它们在光灵社会的地位和它们留在地球上的亲戚差不多，基本上都是一不小心就会被某个人用鞋底拍死。

最后，我又深入了解了一下光灵皇帝。我有一种不祥的预感，如果这家伙多年来一直在寻找湮灭球，那么他不会乖乖地留在他的星球上，就此放弃。凯明还说了一件让我有些意外，但完全不感到惊讶的事，进一步证明了这个皇帝不是什么好人。在光灵的历史中，他本来只是第十八顺位的皇位继承人。为了夺得皇位，他谋杀了他的父母和兄弟姐妹。无论是谁，只要他认为会反对他，都会被他干掉，从首领到随从，一个也不放过。他对自己的世界实行铁腕统治，认为这个宇宙只应该有一个主人。当然，他认为那个主人就是他自己。

于是，我们理所当然地制订了一个两步走的计划。

第一步，我们要拿到湮灭球；第二步，我们必须尽快把它带离地球。但我还必须想个可行的办法以实现第二步，尤其是在我们找到了凯明父亲的飞船之后。

或者不如说，在找到那艘飞船的残片之后。

飞到最后几公里的时候，我们已经发现了一连串的飞船碎片。跟随这些碎片继续向前飞，我们很快就看到了更大块的残骸。到达飞船坠毁的地点时，我能感觉到凯明在颤抖。如果换作是我，估计更会哆嗦得不成样子——出现在我们眼前的凄惨情景甚至让人感觉非常不真实。

飞船深深地撞进了一座山里，大量土石四散崩飞，就像一堆土豆泥被泼上了一片深色的肉汁。在撞击中心点的大坑中，我们看到飞船驾驶舱分成了两半，就像蠕虫描述的那样。就算用链锯来锯，也不可能把它分得更均匀。

"我们必须找到护盾盒。"凯明说。

我点点头，但我感觉对于凯明来说，最难过的时刻可能还没有到来。根据蠕虫的讲述，这里应该有一具尸体——凯明父亲的尸体。

一落地，凯明就向半个驾驶舱走去；我开始搜索另一半驾驶舱。

我走进驾驶舱，里面的情况又让我吃了一惊。这里的每一寸空间都布满了各种形状和大小的按钮、开关、显示器，到处都是外星人的标记——我当然看不明白。驾驶舱前部有一个驾驶座椅和一顶用细电缆连接到舱顶的头盔。我爬到座椅上，开始想象技术霸主会如何看待这些先进技术。也许它不用一个小时就能记住这里的每一个细节，并且把它们都复制出来。天哪，我真想念那只老鼠。

我不假思索地抬起手，抓住挂在头顶上方的头盔，把它戴上。

随着一阵响亮的电子杂音，所有显示器都亮了起来，红色的灯光开始在驾驶舱中闪耀。我开始悄悄怀疑自己是不是做了什么非常蠢的事情。

"停下！"凯明冲进来，把头盔从我的脑袋上揪走了。

"哎呀！"我揉着脑袋喊了一声，这对我来说是个深刻的教训，"抱歉，我不知道会出这种事。"

"光灵舰队是通过感知来操纵的。"凯明告诉我，"除非你打算亲自向皇帝发出邀请，否则我建议你不要碰任何你不懂的东西，明白？"

"非常明白。"我从椅子上滑下来，"你……找到什么了吗？"

凯明停顿片刻，低下头："嗯。"

我的心颤了一下。我也失去了我的家人，但我没有真正看到他们死亡的残酷景象。不知为什么，我觉得自己和她比还算是幸运的。"那我们应该给他一个正式的葬礼。"

凯明点点头。

我拍了拍她的肩膀，走出驾驶舱。面对另一半驾驶舱，我立刻就看到了地上的尸体。他仰面朝天躺在地上，大睁着双眼，举起的手臂靠在控制台上，仿佛希望有人能帮他站起来。他的衣服上全都是已经干涸的暗色血渍。看上去，他的死亡一定很缓慢且充满了痛苦。

这样看到一具尸体，我感觉很奇怪。我对死亡有很多了解，但还从没有真正亲眼见过尸体，而且，这还是一具外星人的尸体。

我找到一片能够当铲子使用的飞船残骸，开始挖坟。凯明坐在我旁边，面对着群山。我挖得很慢，好让她有时间接受这一切。真的要挖一个足够深的坑确实也需要一点时间。

等我挖好后，我们便抬起她父亲的尸体，放入坑中。

凯明低下头，葬礼开始了。

"按照传统，高贵的光灵应该回到他来时的土地中。但我们离家太远了。我的父亲，兰德·日光，以自己的行动证明了他的灵魂不是区区一个世界的泥土就能够限制住的。因为他的英勇牺牲，这个世界，以及所有我们知道和不知道的世界，都应该永远对他心怀感激。父亲，我发誓，我会完成你未竟的事业。愿力量伴随你踏上永恒之旅，永远不会显露软弱。"

天色渐渐变暗，我们埋葬了凯明的父亲，用一块大石头作为他的墓碑。

结束这一切后，我们在星空下休息。

"闯进你们总部的恶棍提到过，他们在寻找禁地的蓝图。"凯明问，"那个禁地是什么样的地方？"

"哦，是的。"我有些想隐瞒这个秘密，但我已经没什么可以失去了。此时此刻，我们需要对抗的是一整个世界。"我想，我应该给你做一些解释。禁地是一座超级监狱，里面关押着危险的奇迹罪犯。我们一直将那些特种牢房的设计蓝图保存在原点里。"

"你们是怎样关押那些罪犯的？"凯明问，"他们不会把牢房打破吗？就像那个奇迹捕手。那么强大的超能者怎么会被你们关起来？"

于是，我告诉了凯明关于禁地的各种细节，并解释了奇迹捕手牢房的工作原理。

凯明告诉我，曾经有一颗环绕光灵星的卫星被作为监狱使用，所有光灵罪犯都被送到了那里。有一天，那颗卫星被囚犯占领，所有守卫都成了人质。但光灵皇帝没有和罪犯谈判，而是炸毁了那颗卫星，那上面还忠诚于他的部下也都被炸死了。想到我们将来可能要和这样的皇帝打交道，我感到更不舒服了。

我们又静静地坐了一会儿。

然后她说道："谢谢你，艾略特·哈克尼斯。感谢你做的一切。我们现在的关系，在你的行星上应该怎么说？我们现在是'永友'了吗？"

我露出微笑："你是说'永远的朋友'吧？是的，我也这么想。"

她拨开脸上的一缕头发。对于她的肤色变化，我还很陌生，但我觉得她是脸红了。

"我想，我们应该去找护盾盒了。"我迅速改变了话题，"蠕虫说，他没有带走那个盒子。所以那个盒子一定就在这附近。"

"但会在哪里呢？"凯明问。

"我不知道。"我嘟囔道，"如果你是护盾盒，你会藏在什么地方？"

"你说什么？"凯明突然提高了声音。

"我？没说什么，只是一种假设。我的意思是，如果你是护盾盒，你会去哪里？"

"你说得对！"凯明喊道。

"什么意思？"

"护盾盒，"凯明说，"它肯定不只是一个盒子！它是活的！"

"你们外星人是怎么回事？难道你们星球上的一切都是活的？"我问道。

"你不明白。在围绕光灵星的红色卫星上，有一种非常罕见的生物，它们的表皮特别厚实。这些生物在卫星的每一个循环周期中都会产下一颗价值不菲的宝石。它们将自己埋进泥土中，直到准备好生产。当它们爬出泥土的时候，就会有人收走它们的宝石。于是它们又会回到地下，重新开始产宝石。"

"你的意思是，就像珍珠贝一样？"我问。

"差不多吧。"凯明站起身，"它们体形很大，结构简单。电流、火焰、水……任何力量都无法伤害它们，精神控制对它们也没用。在我们的世界里，它们被称为护盾虫。"

"等一下，"我说，"所以我们要找的护盾盒，名字其实来自这种生物，是用这种生物做成的？"

"是的。"凯明回答，"我相信是这样。它应该还在这里，只是钻到地下去了。"凯明俯身到地面上，"帮我找找看。"

我和她一起搜索了飞船残骸周围的每一寸山岩，却没有找到那种生物的任何踪迹。最后，我们终于放弃了。这片山地没有一丝一毫特别的地方，真是太令人绝望了。

就在这时，我的视线转回到飞船的驾驶舱，脑海中灵光一现。

"那种生物能不能挖开比岩石还硬的东西？"我问凯明。

"我觉得应该可以。"凯明说，"它们的行为完全出于直觉。如果感到害怕，它们就会挖穿任何东西，躲进安全的地方。"

"好的。"我说，"蠕虫告诉过我，他的一双脏手刚摸到那个盒子，就把盒子打开了。"

"你怎么想？"凯明问。

"跟我来。"我带着她回到她父亲去世的那一半驾驶舱里。

我们很快就找到了——一个圆洞穿透飞船的金属壳，一直深入土壤中，就在凯明父亲曾经躺倒的地方。我们刚才完全没有注意到。

凯明跪下去，把金属壳碎片和松软的土壤挖开。几分钟后，她把半条手臂伸进洞里，掏出一样我从没见过的东西。

那东西只比她的手掌大一点，形状四方，表面是一层有波纹的褐色皮革，看上去非常厚实。如果不仔细看，很容易把它当作一只皮匣子。

"这就是护盾虫？"我问。

"是的，这就是护盾虫。"

"它还活着？"

凯明挠了挠盒子底部，盒子打开了，露出肉红色的内部。"是的，谢天谢地。"

这时，我注意到盒子顶部粘着一样奇怪的东西，看上去像是一个蓝色的小圆碟。

而且它还在一下一下地脉动发光。

"那是什么？"我问。

凯明向盒子里面看过去，脸色一下子变了。她捏住那个像小圆碟一样的东西，把它取了出来。

"这是什么？"我问。

"光灵追踪装置。"凯明说，"鲜血使徒要来了。"

奇迹档案

凯明·日光

姓名：凯明·日光	身高：1.52米
种群：光灵	体重：45千克
身份/状态：英雄/活跃	眼睛/头发：绿色/黑色

奇迹等级二/变身超能力	能力评分	
强变形能力	战斗力 75	
苍蝇形态下强飞行能力、强大力量和超级速度	耐受力 45	领导力 36
	策略 73	意志力 75

·第十二章·

我直接进了监狱

情况就是这样。一方面，我们眼前有一个奇迹等级一的恶棍，他装备着全宇宙最强大的武器，想要控制世界；另一方面，一群疯狂的外星人正全速赶来地球，想要将这颗星球摧毁。而我们卡在这两股力量的中间，整个银河系的命运都只能靠一个能变成苍蝇的外星女孩和我来拯救。

这肯定不是什么能让人充满信心的情况。

经过一番热烈的讨论，凯明和我终于达成共识：这两拨糟糕的敌人，我们一次只能对付一拨。既然鲜血使徒还没有露面，那么我们的下一步行动就很清楚了。于是我们以最快的速度赶到禁地，打算先消灭蠕虫。

这个地方看上去和我记忆中完全一样。

白天，这里是全世界最令人印象深刻的监狱。到了晚上，这里就是噩梦的囚笼。

在这座监狱面前，我觉得我们就像两只向巨大的野餐篮靠近的蚂蚁。首先迎接我们的是一堵十几米高的围墙，围墙顶端铺设着刀片铁丝网，密布着传感器。我们沿着围墙一直走到前门，那两扇大门由坚不可摧的钨钢铸成。每隔六米就有一座警戒塔，塔上配备了探照灯和高射机枪。在围墙内，监狱主楼就像一只钢铸的章鱼，拔地而起，高度超过百米，八座独立的窄长副楼像触手一样向四周伸展。

我曾经来过禁地。那次爸爸把午餐忘在了家里，而我只是到监狱大门外就被吓坏了，根本没有进去。这一次，我就没那么幸运了。

还没走到大门口，我就注意到了几个让我脊背发凉的情景。首先，这里看不到一个人影。通常这个地方应该挤满了狱警、维修工人和数以百计的其他人员，但现在，这座监狱看上去就像一座鬼城。不幸的是，这还远远不是最吓人的。那两扇钨钢大门和我上次来的时候完全不一样——它们竟然完全敞开着。只有第四等级的奇迹力量才有可能攻破这个地方。而今天，禁地似乎正邀请我们进去。我们两个都不认为这种情景是什么好兆头。

我转向凯明。她神情坚定。

"你觉得怎样？"我问她。

"湮灭球就在这里，"她说，"我能感觉到。"

"那就看我们的了。"我说道，"绝对不要软弱。"

"绝对不要软弱。"她也说道。

我们走过监狱大门，向主楼走去。我们行动很小心，不断注意周围是否有生命迹象，结果却一无所获。

几分钟后，我们到达了主楼。主楼大门紧闭着，门上的信号牌亮着一串文字：

止步！极端危险！非公莫入！

我转动门把手，一推门，门就打开了。

这一切看上去都太容易了，很像是一个陷阱。

我不知道凯明是不是也这样想，但我们还有什么选择呢？她点点头，我们走了进去。

这里的走廊又黑又窄，墙上的小壁灯只能够让我们看到身前几尺的地方，更远处全都是无尽的黑暗。空调系统还在稳定地嗡嗡作响，不断将冰冷的空气吹向我们。凯明抱着肩，不停地打着哆嗦。

"现在该怎样？"我问。

"现在，"凯明回答道，"我们向前。"

我们左手边出现了一扇门，门后是主控制室。透过门上的窄窗，我们看见那里有几台电脑和监控设备，但房间里一个人都没有。

走廊拐向左侧，露出另一扇门。这扇门上也有一串发光的文字：

> M 副楼：变身区。非公莫入。

门边的墙上挂着一块碎了一半的门锁面板。我一推门，门就开了，没有触发任何警报。

我们走了进去。

这里的灯光要亮一些，不过还是显得很昏暗。很明显，我们走进了又一条长且狭窄的走廊。这条走廊两边排列着数十间牢房，一些牢房门上有窗户，一些没有。每扇门的顶上都有醒目的牢房编号，门的右侧还有一块小指示牌。

我们沿着走廊一直向前。

这里的牢房看来是按照奇迹能力等级进行分组的，首先是第一等级。所有牢门都关闭着，透过一些门上的窗户，我能看到囚犯还在里面。

我一边走，一边看牢门旁边的指示牌。那些牌子上的内容就像是一部恶棍名人录。

牢房 M3
橡皮泥彼得 —— 奇迹等级一
能够将身体扭曲成各种形状。
注意：可能伪装成食物托盘或其他器具，以实现越狱。

牢房 M5
两栖人 —— 奇迹等级一
能够转化成水栖形态。
注意：可能面朝下漂在水中，假装死亡。

牢房 M7
双重麻烦 —— 奇迹等级一
可以分裂成两个完全相同的个体。
注意：两个个体可能会先打起来，以扰乱对手的心神。

到了第二等级牢房，这里指示牌上的文字变得更严肃了。

牢房 M11
毒女安妮 —— 奇迹等级二
毒吻能导致人瘫痪。
警告：可能会假装需要口对口的人工呼吸。

牢房 M13
泥浆怪 —— 奇迹等级二
身体由经过化学变性的泥浆组成。
警告：可能试图将身体的一部分变成衣服或鞋底的污泥，以此溜出牢房。

牢房 M17
幻影突袭者 —— 奇迹等级二
能够隐形。
警告：可能在牢房中看不到，但相信我们，他就在里面。

这里太安静了，我能感觉到有什么东西正在等着我们过去。终于，我们到了第三等级牢房。我的心跳停了一下。

每一扇牢门都敞开着。

没错，该死的每一扇门都……敞开着。

我的目光迅速扫过每一块指示牌。

牢房 M21　喷火 —— 奇迹等级三
能够转变为纯粹的火焰。
危险：任何情况下不得进入囚室！禁止吸烟！

牢房 M23　黑云 —— 奇迹等级三
可以转化为散发毒素的气体云。
危险：任何情况下不得进入囚室！不得破坏门封！

牢房 M25　狂战士 —— 奇迹等级三
能够变成拥有超级力量的巨大猛兽。
危险：任何情况下不得进入囚室！宠物危险！

我们来到牢房 M27 门前时，我脖子后面的汗毛全都倒竖了起来。

牢房 M27　奇迹捕手 —— 奇迹等级三
能够复制任何一种奇迹能力。
危险：任何情况下不得进入囚室！此囚室需要一直受到监控！

我仿佛回到了与奇迹捕手正面对峙的那一刻。我能看到他苍白的皮肤，还能感受到他腐臭、灼热的呼吸。

我无法相信自己看到的一切。蠕虫真的这么干了！他真的释放了地球上最危险的超能者！随后我意识到，我们还只是看到了变身者的牢房。那些第三等级的精神力量超能者呢？还有第三等级的能量操纵者呢？还有……

我抓住凯明的手臂："我们不可能战胜他们！我们必须离开这里！"

凯明用力抽了我一巴掌。天哪，她真的很爱抽人。

"艾略特·哈克尼斯，"她说道，"你是宇宙的拯救者，是你的星球唯一的希望。坚强起来。"

我感到一阵惭愧。凯明是对的，我必须坚强。我一生都在梦想成为奇迹之人。而现在，家人已不在我身边，一切只能靠我自己。我不能让他们失望。即使我死了，也要让他们为我骄傲。我的脑子里一遍又一遍回荡着凯明的话：**永远不要显露软弱。永远不要显露软弱。永远不要显露软弱。**

凯明向走廊尽头一指，那里有一道双扇门："湮灭球曾经从那里通过。"

我们慢慢走过去。我们两个都很清楚，无论那道门的后面是什么，那都可能是我们这一生中最后见到的东西。

我看看凯明，她点点头。我深吸了一口气。

永远不要显露软弱。

我推开了门。

奇迹档案

小 影

⬡ 姓名：小影	⬡ 身高：0.64米（肩高）
⬡ 种群：德国牧羊犬	⬡ 体重：38.6千克
⬡ 身份 / 状态：英雄 / 活跃	⬡ 眼睛 / 毛：褐色 / 黑褐色

奇迹等级二 / 变身超能力	能力评分	
⬡ 强隐形能力	战斗力 45	
	耐受力 16	领导力 10
⬡ 可让身体各部位隐形	策略 12	意志力 56

· 第十三章 ·

我和黏糊糊的蠕虫
决一死战

"过来吧。"蠕虫尖声说道，"欢迎参加你们的葬礼。"

门外是一个宽大的露天庭院，差不多有两个足球场那么大，抬头就能看见漆黑的夜空。整个庭院由八座副楼的墙壁构成，呈现不规则的八边形。待在这里的感觉，很像身处古罗马的斗兽场。

蠕虫高傲地站在庭院正中心，周围环绕着强大的第三等级恶棍军团。

"哦，该死。"我悄声对凯明说，"怕的就是这个。他们全都聚齐了。"

"他们是谁？"凯明悄声问。

"这个星球上最危险的超级恶棍，"我悄声说，"有体能、速度、精神力量、魔法、飞行、能量操纵、智力这些方面的超能者，还有绝对不能小看的变身者。足有五十个还多。"

看着这些身材、形态和颜色各不相同的超能者，我感觉自己正盯着一个恐怖的万花筒。不过，我还是迅速锁定了站在蠕虫左手边的奇迹捕手。

我的整个身子都在颤抖，一颗颗汗珠从我的额角滚落。我深吸一口气，和凯明一起走进了这个"斗兽场"，停在距离蠕虫大约二十米的地方。

我将那些恶棍扫视了一遍，对凯明说："看看他们的脸，都没有任何表情。蠕虫和湮灭球控制了他们。"

我用余光瞥到恶棍军团后面有人动了一下，是阿飘。他不断前后挪动着变换重心，显得十分紧张。

在离开变身者牢房区的时候，我将护盾盒塞进了裤子的前兜里。现在那里稍稍有些凸起，于是我尽量自然地用手遮住那个位置。

这是真正的最后的决战。我不知道该怎么做，甚至不知道我们应该谈判还是直接发动攻击。

但很显然，凯明已经有了主意。

"湮灭球的力量落在你身上，真是一种浪费。"她轻蔑地向蠕虫说道。

"是吗？"蠕虫冷笑一声，"我一直在等你，凯明·日光。"他攥住挂在脖子上的湮灭球，"看样子，我们有很多共同之处，不是吗？也许要比你愿意承认的更多。告诉我，你有没有把我们的谈话告诉你的小朋友？"

"什么？"我转向凯明，"什么谈话？"

"别听他的。"凯明嘴里说着，眼睛却没有看我。

"看样子，你没有。"蠕虫又对我说，"好吧，你的搭档和我在过去几天里可是变得非常亲近。我们两个都想用这个球来压制对方，但就像我们这个世界的人常说的那样——'攥在手心里的才是真的'，所以我的力量显然要强得多。我们在脑子里的聊天让我知道，是你战胜了我派到原点去的那些白痴。我给他们的任务很简单，就是找到蓝图，让我能解救这里的朋友。不过，我根本没有期待过他们能够成功。事实证明，我也完全不需要他们。"他的目光又转向凯明，"在这件事上，我还真的要谢谢你。"

"闭嘴吧。"凯明悄声说道。

"难道你不觉得这个男孩有权利知道事实吗？"蠕虫问。

"他在说什么？"我继续逼问凯明，"这到底是怎么回事？"

"怎么回事？"蠕虫说，"是你的朋友告诉我，该如何把这家伙救出来。"蠕虫伸手按在奇迹捕手的肩膀上，"是她告诉了我牢房的全部细节，我才能让这家伙从冬眠中醒过来。实际上，我只需要从通风口钻进去。那只用了我大约十五分钟。当然，让他恢复意识又用了一点时间。他醒过来之后显然气得不行，不过我只需要……"他拍了拍脖子上的小球，"一点心灵控制法术，就让他服服帖帖的了。"

"你把奇迹捕手牢房的事情告诉他了？"我质问凯明。

"没有！"凯明斩钉截铁地说，"是他控制了我。他通过我向你询问这件事，又从我的意识里偷走了他要的信息。"

"只要得到了奇迹捕手，"蠕虫继续说道，"我就得到了一把多功能瑞士军刀。然后我救出了那些智力超常的人，再利用他们的智力救出了其他人。"

我飞快地回想着凯明和我所经历的一切。她还向蠕虫泄露了什么秘密？我怪异的能力？护盾盒？我的思绪从没有像现在这样混乱过。我还能相信她吗？我已经不知道该怎么做了。

"你不明白自己手里握着什么样的力量。"凯明对蠕虫说，"湮灭球会毁掉你的。"

"哦，相信我。"蠕虫笑着说，"这没什么复杂的，实际上很简单。你看，无论我想要什么，我都能得到。比如说，我想要你死。"

蠕虫用双手握住湮灭球。

"等等！"我一步跨到凯明前面，"如果你要杀她，首先要打败我。"

"艾略特，不要！"凯明喊道。

"你在开玩笑吗？"蠕虫的笑声更响亮了，"那么，你想怎么做？"

"我要向你挑战，跟你一决生死。你不是觉得自己被忽视了，觉得自己一文不值吗？那么想象一下，如果你在一个超级英雄的家庭中长大，自己却没有任何力量，会有人真正注意你吗？会有人真的关心你在读几年级，有没有朋友，或者……是不是到了该死的生日吗？"

蠕虫只是盯着我。

"好吧，我可以告诉你，他们不会的。他们对你说，你是家庭的一分子，是团队的一员。但你心里知道，他们不过是在逗你，只是不想伤害你的感情，因为你的可怜的人生没有半点荣耀可言。所以，我非常理解你的心情。你知道吗？我已经厌倦了这一切，我不打算再这样下去了！"

"很好。"蠕虫说，"你想要我让黑云杀了你，还是想要别的什么死法？"

"不，"我说，"我在向你挑战。你也许是第三等级超能者军团的头领，但我打赌，在那些呆板的眼神里，没有一点对你的尊重。谁会尊重一个连十二岁的'零'都杀不死的第一等级超能者呢？"

蠕虫转向他的军队。那些超级恶棍一动不动地站着。但阿飘这时探过身，耸了耸肩。

"非常好。"蠕虫说，"那就如你所愿。阿飘，盯着那个女孩。"

"不要用湮灭球。"我说，"用你自己的力量。"

"我不需要这个球，小子。"蠕虫自信满满地说。

我们四目相对。我迅速回忆关于蠕虫的奇迹档案的全部内容。他惯用的招数是挖洞钻进地里，再从对手背后钻出来进行偷袭。他会一次又一次这样做，直到赢得胜利。我有了战胜他的信心。

他的问题是对我完全不了解。

我伏下身子，摆出空手道的姿势——这是暗影鹰教我的。他还告诉我要维持身体的平衡，轻松地进行防御和进攻之间的转换，不要损耗体力。

我等待着蠕虫先攻击。

"你还在等什么？"我喊道，"你怕我了吗？"

"怎么可能？"蠕虫冷笑一声。

就像我预料中的那样，他猛地向地底钻去。结果他的头重重地撞在地面上，身体倒向一旁。

"看招！"我高喊着，向他的腹腔神经丛挥出一拳。这也是暗影鹰教我的。

蠕虫爬起来，打着哆嗦，喘息着说："是你运气好。这里的地面和其他地方不太一样。"

现在，他的脸红得就像猴屁股一样。他转过身，确认他的军队的成员是不是还在看着。那些人当然没有动弹一下。

"你把我激怒了！"这一次，他用了同样的招数，不过钻地的位置向左边偏了一点，然后他再一次撞到地面上，仰面朝天栽倒在地。我冲上去，踢了他的肋骨一脚。

他剧烈地咳嗽着，单膝跪地，摇摇晃晃地站起来，一副头晕目眩的样子："我的能力呢？你对我做了什么？"

"哦，"我说，"你对我的家人做了什么，我就对你的能力做了什么。我把它消除了！"我一拳打在他的下巴上。他向后跌倒，嘴里飞出了几颗牙。

我也因为疼痛弯下了腰，我的手就像被火烧了一样，感觉好像有骨头断了。

〈146〉

"艾略特！"凯明喊道。

我向蠕虫看过去。他还躺在地上，但两只手攥住了湮灭球。

"你骗了我！但现在，你的小把戏结束了。"蠕虫把湮灭球高举到空中。

突然间，我的头一阵阵刺痛，就好像我的大脑被碾成了一团糨糊。我感觉到蠕虫的声音在努力钻进我的意识。

我想要抵抗，把他的声音推出去，但他的力量太强了。一个念头，一个能够让所有压力爆发的词，开始出现在我的脑海中。我不断积累着压力，最终让它像火山中的岩浆般喷涌而出。

滚出去！

蠕虫发出一连串尖叫，那是一种恐怖的高频嘶吼。随后他一翻白眼，像一根软绵绵的面条一样瘫在地上。

我看向凯明，她也用双手抱住了头。可能是因为她和湮灭球的精神连接，我的精神也对她造成了冲击。

"你……你对他做了什么？"阿飘问道。

"别过来！"我警告他，"否则我会用同样的方法对付你！"

我又去看蠕虫。凯明已经到了他身边，正朝他俯下身去。

"凯明，等等！你要干什么？护盾盒在我这里。"

"抱歉，艾略特。"凯明转向我，湮灭球已经被她用双手紧紧握住。

轰隆！

天空中传来一阵闷雷般的轰鸣。我捂住耳朵，随后就感觉光线变暗了，好像有一颗巨大的行星遮住了月光。

我抬起头，看到一艘巨型宇宙战舰正悬浮在头顶上方。我明白，情况正在从异常严峻走向不可收拾。

鲜血使徒来了。

奇迹档案

阿飘

姓名：欧文·库珀	身高：1.57米
种群：人类	体重：78千克
身份 / 状态：恶棍 / 活跃	眼睛 / 头发：绿色 / 黑色

奇迹等级一 / 能量操纵	能力评分	
有限空间操控	战斗力 15	
	耐受力 19	领导力 15
能够传送个体和小群体	策略 17	意志力 20

·第十四章·

我在绝对意义上
控制了一切

一下子发生了这么多事，我只觉得眼前一片混乱：湮灭球被凯明攥在手里；一艘满载着嗜血外星人的宇宙战舰正向我的头顶压过来；蠕虫倒在地上，看样子变成了植物人；所有等级三的恶棍都在慢慢恢复意识。

还有，哦，是的，我显然是这个地方唯一还有理智的人。

但我不知道下一步该做些什么。

"那……那东西是什么？"阿飘仰着头问道。

"哦，那个？"我告诉他，"那可真的是非常、非常可怕的东西。"

该认真考虑一下了。现在所有的疯狂存在一个共同的焦点，那就是湮灭球。我必须把它从凯明的手里拿过来，安全地放进护盾盒里。然后我们要在鲜血使徒落下来之前离开这里。我拿出护盾盒，蹭了蹭它的底部。它就像"饥饿的河马"玩具一样，立刻张开了大嘴。

"快，凯明！"我喊道，"把湮灭球放到这里面来！"

但凯明没有任何反应，就好像她的身体被冻在了一块冰里。她的眼睛紧紧闭住，向天空扬起头。"这样的力量……"她用梦呓般的声音喃喃说道，"我从没想到会有这样的力量。"

"凯明？你能听到我说话吗？放、开、那、个、球！"

她低下头，睁开眼睛。她的两个瞳仁就像两团舞动的火焰："不，艾略特·哈克尼斯。这是我们唯一的机会。"

"我们唯一的机会？"我问她，"什么机会？"

"活下去的机会。"她回答，"那是鲜血使徒的战舰。没有人能活着逃脱鲜血使徒的追杀。"

就在这时，天空中又传来一连串嘈杂的声音。我抬起头，看到战舰侧面打开了一个大洞，数十艘小飞船从洞中出来，飞向我们。现在没有一分一秒可以浪费，我们很快就要落入万劫不复的深渊！

"凯明！"我命令道，"把湮灭球放进护盾盒里！"

但已经太晚了。不到一分钟时间，那些小飞船就落在地上，向这个庭院里放出一群群鲜血使徒。那些外星武士在我们周围组成了一个大包围圈，把超级恶棍也都困在其中。现在那些恶棍已经有许多挣脱了蠕虫的精神控制，却又完全不明白身边发生了什么，还处在一片茫然之中。

我迅速评估了眼前的新局势。根据我对鲜血使徒的有限了解，这些外星武士是我们无法战胜的。他们每一个的身形都像相扑手一样庞大，从头到脚覆盖着某种棕色的皮质铠甲——这些铠甲的纹理让我有一种奇异的熟悉感。他们手中拿着长矛一样的长柄武器，武器末端插着巨大的利刃。现在庭院中有几百个这样的武士。我想快速数一下他们具体的人数，但一时总也数不清。不过这没有关系了，无论如何，他们的数量都远远超过了我们。

阿飘像婴儿一样蜷缩起身子，呜咽起来。

一队鲜血使徒忽然向左右分开，一个迄今为止我见过的最高大、最可怕的怪物向前走来。他也是从头到脚都裹在盔甲中，背后还有一件金色披风，手中的武器比其他任何一个人的都大。他停在距离我们大约三十米的地方，一双绿眼睛从头盔下面射出犀利的光芒。他会是光灵皇帝吗？

"欢迎来到地球，格拉尔·血海，鲜血使徒的至高指挥官。"凯明带着敬意点了一下头，"看样子，我们高贵的皇帝不想弄脏自己的手。"

"凯明·日光，"至高指挥官开口了，"你的悖逆、狂傲真是没有止境。叛徒不允许口称皇帝，宇宙之主不是你能够称颂的。你也很清楚，杀戮是鲜血使徒与生俱来的权力。"

"这些我很清楚，"凯明说道，"就像你知道我现在拥有了湮灭球。我相信，你来到这里就是为了这个。你应该感到幸运，因为我很慷慨。我愿意给你一次机会，让你召回自己的猎犬，那样我就会考虑饶你一命。如果你想要选择另一条路，那么我将遗憾地通知你，你和你所有的猎犬都将在痛苦和耻辱中死去。"

至高指挥官开怀大笑，洪钟一般的笑声震得我全身骨头都在发颤。"小姑娘，"他说道，"难道你忘了自己正在和谁说话？我是鲜血使徒的至高指挥官。立刻交出湮灭球，我可以答应你，让你死得痛快一些。不过，我不可能对你那些低等的地球生物盟友做出同样的承诺。"

我听到身后传来喊声和其他杂乱的声音——超级恶棍们开始有动静了。

但凯明没有动，只是脸上露出一丝扭曲的微笑："我很清楚自己正在和谁说话，至高指挥官。你的条件很不错，但恐怕你的选择并不明智。准备去死吧！"

湮灭球开始脉动，发出光芒。

但什么都没有发生。

凯明看着湮灭球，目光随即转向至高指挥官。那个高大的光灵同样只是站在原地，盯着凯明。到底出什么事了？为什么鲜血使徒们什么反应都没有？

那个巨人向前迈出一步："愚蠢的女孩！难道你以为我们不做任何准备就会前来与湮灭球作战？你的父亲是个叛徒，但他为皇帝进行的研究非常详尽。所以，我们的盔甲全都是用护盾虫做成的。"

凯明流露出惊讶的表情。

不等我有所行动，至高指挥官已经将他的武器指向凯明，射出了一道激光。

凯明向后跌倒。

我在她倒下之前抱住了她。

"杀死他们！"至高指挥官命令道，"把他们全杀掉！"

随着一声巨响，一团白色的虚影出现在至高指挥官面前，在他脸上狠狠砸了一记右勾拳。是奇迹捕手！

随后是震惊带来的片刻沉默。紧接着，超级恶棍们全都扑了过来，和鲜血使徒爆发了一场激烈的战斗。

我将凯明抱在怀里。激光射穿了她的胸口，她挣扎着想要吸一口气，全身都在颤抖，深红色的血液流得到处都是。

"凯明，"我的声音中充满哀求，"凯明？你能听到我说话吗？"

"艾……艾略特，"凯明咳嗽了几声，"我……很抱歉。我……以为那个球能……救我们，但……我失败了。"

泪水从我的面颊上滑落："凯明，坚持住。你不会死的。你不能死。"

她虚弱地微笑着，捏了一下我的手："不，太晚了……我不行了。"

"不，我们会找到办法的。"我哭喊道，"我保证，我们总能找到办法。"

"不，艾略特，求……求你，把湮灭球放进护盾盒里，结束我父亲开始的任务。我……我们终有一天会再见。感谢你成为我的好朋友。我……我的……'永友'……绝不会……显露……软弱……"

她绿宝石一样的眼睛失去光彩，变成了两块玻璃。

她走了。

我坐在地上，抱着她冷掉的身体，片刻间一动也不能动。

然后，我开始吼叫。

那是充满了悲痛的吼叫。

那是充满了愤怒的吼叫。

我抬起头，许多人正在我周围拼死相搏，他们的力量让这个庭院变成了一片怒涛激荡的疯狂的战场，但他们的每一个动作在我眼中都变得异常缓慢。战斗从庭院蔓延到建筑内部，甚至一直蔓延上了天穹。第三等级的恶棍们在为自己的生命而战。我看到至高指挥官同时和奇迹捕手以及另外数名恶棍厮杀在一起。

我仿佛落进了一个奇怪的梦里——一个我无法逃脱的梦。就在这时，我听见有声音在喊我。那喊声一开始非常轻微，但很快就变得越来越响亮。

其他人是不是都把那个东西忘了？

这里所有的死亡和毁灭，都有一个共同的原因。我低头看向凯明的尸体。它就在那里，躺在凯明的手心中，看似全然无害。

湮灭球。

我知道，我应该把它放进护盾盒里，把它牢牢锁住，带它逃到安全的地方，然后再考虑下一步怎么做。

但我已经厌倦了逃亡。

我厌倦了一切只是为了安全，厌倦了成为别人的猎物。

我想要成为掌控者。

这需要我做什么，我很清楚。

我伸手抓住了湮灭球。

一切都变了。

一股洪水般的能量冲进我的身体。我仿佛遭到了雷击，身体变得像羽毛一样轻，好像组成我身体的每一个原子都飘浮在空中。我觉得我无所不能。

"现在你无所不能了。"一个奇怪的声音告诉我，"现在你能够成为最强大的奇迹之人，能够战胜这颗星球上的每一个生物。这不正是你一直想要的吗？"

这声音是从哪里来的？听起来为什么这么熟悉？听起来说话的就像是……我？

"就是你，艾略特。"那个声音说，"你一直都拥有这样的力量，只是你从来不知道要使用它。"

"你是谁？"我问。

"我是你，我是更好的你，是你一直都想要成为的那个人。所有人都知道你，所有人都不如你，所有人都笼罩在你的光芒之下——就是现在，你拥有了你一直希望拥有的东西。现在这一切——名誉、朋友、粉丝，都已在你的掌握之中。"

"不，"我说，"你不是我。我知道你是谁，我知道你是什么。"

"艾略特，"那个声音加快了语速，"不要着急。我知道，你需要一段时间来适应自己刚刚得到的力量。但如果你能相信——"

"不，"我说，"我不会让你利用我，我不会被你控制。"

"艾略特，"那个声音变得越来越急促，"**给我一个机会，只要给我一个——**"

"我、说、不！"

我用自己的全部意志和灵魂推开那个声音，就好像我的生死完全取决于这次对抗能否成功。

我感觉到湮灭球退缩了。它在逃避，在哀号。

我用自己的意志将它包围，将它压倒。

我感觉到了它的屈服。

我控制了它。

湮灭球现在服从了我的意志。

我睁开眼睛。

战斗仍然在继续。很明显，鲜血使徒训练有素、组织严密，远超我的想象。他们已经将超级恶棍们逼到了死胡同。超能者们只能各自为战，很快就会一个接一个死在鲜血使徒的手中。

我知道自己需要做什么。这时，我感觉有人拍了拍我的肩膀。阿飘就站在我的身后，我立刻攥紧了拳头。

"等等！"阿飘飞快地说道，"我觉得我能帮你。要知道，你的家人没有真的死去。"

"什么？"我惊呼道，"你说什么？"

"呃，"那个小个子有些心虚地继续说道，"要知道，我的能力有些奇怪。我管自己叫阿飘，是因为我能让东西飘走。明白吗？就像传送一样。所以，我不是把人弄死了，只是把他们送走了，把他们移动到了一个口袋空间里。我管这个叫'流放'。那是一个和地球类似的平行宇宙。不管怎样，我可以试试把他们弄回来。你想让我这么做，是吗？"

我抓住他的肩膀，冲他高喊："是的！是的！马上就做！"

"好吧，没问题。"阿飘回答道。我看着他张开双手，那个熟悉的黄色圆环又出现了。它像一个大橡皮筋圈一样不断向外扩张，而且速度越来越快。在一阵巨大的呼啸声中，圆环消失了，取而代之的是七个面带惊讶的人。

我的家人！

妈妈、爸爸、格蕾丝、暗影鹰、哑剧大师、蓝闪电，还有技术霸主——自由力量回来了！

我扑进妈妈的怀里。

"艾略特，"妈妈问我，"你到哪里去了？"

但我什么话都说不出来。能够回到他们身边真是太好了！

"嘿，先别顾着他了。"格蕾丝说，"这里到底是怎么了？"

大家把注意力转向战场，吃惊得都快把眼珠瞪出来了。

"我的牛油果酱啊。"技术霸主悄声说道。

"没有时间讨论细节了。"我说道，"我们需要帮助那些坏人战胜外星人。你们都知道该如何指挥团队作战。妈妈，你率领那些精神力量超能者；爸爸，你率领有超级体能的人；格蕾丝，你带上飞行部队；暗影鹰负责能量操纵者；技术霸主管理有超级智力的人；哑剧大师调配魔法师；蓝闪电，有超级速度的归你；变身者都会跟着我。现在，行动！"

我准备冲进战团中，但自由力量还站在原来的位置上。

"我说了，行动！"

"但是，艾略特，"爸爸说，"那些人很危险。你认为他们会听我们的命令？"

"你说得对。"我亮了一下湮灭球，"他们不会听你们的，但我知道他们会听我的。"

我将精神集中在湮灭球上，湮灭球开始闪动光芒。我在脑海中回想起每一名超能者的详细档案，再根据对他们的了解，将湮灭球的力量散发出去，让它携带的信息牢牢扎根在每一个超级恶棍的脑海中。紧接着我命令他们停止单打独斗，按照各自的能力组成团队。局面在眨眼间发生了变化，恶棍们不再只是一个个单独的力量，而变成了统一的集体。

"现在他们已经准备好，就差你们了。"我转向自由力量。但他们依旧只是站在原地，不过现在他们都惊讶得张大了嘴巴。

"好了，看到那边的那个大家伙了？"我抬手指向至高指挥官。

大家都点点头。

"他是我的，明白？"

他们又点点头。

"那么好吧，"我说，"我们上！"

"好，我们都听他的。"爸爸说，"自由力量——开始战斗！"

我第一个冲了出去。平生第一次，家人们跟随我冲向了战场。

奇迹档案

至高指挥官

⬡ 姓名：格拉尔·血海	⬡ 身高：2.1米
⬡ 种群：光灵	⬡ 体重：145千克
⬡ 身份 / 状态：恶棍 / 活跃	⬡ 眼睛 / 头发：绿色 / 秃头

奇迹等级三 / 变身超能力	能力评分	
⬡ 极限变身能力	战斗力 100	
⬡ 根据不同形态能够拥有极限飞行	耐受力 100	领导力 100
能力、极限力量或极限速度	策略 100	意志力 100

· 第十五章 ·

我彻底掌握了
这个该死的宇宙的命运

自由力量全力出击，局势很快就扭转了。

爸爸和蓝闪电将拥有超级体能和超级速度的人集结在一起，向鲜血使徒部队的核心发动了攻击。妈妈和暗影鹰指挥精神力量超能者和能量操纵者四散分开，把敌人逐一处理掉。格蕾丝率领飞行者们在空中拦截继续降落的小飞船。哑剧大师和他的魔法师们提供地面掩护。技术霸主召集超级智力部队，消失在监狱楼中。至于他们去做什么了，我完全没有概念。

这是一场精彩的战斗，但我没有时间坐在旁边好好欣赏。

我必须拯救这个世界。

我的超级变身者团队正在庭院的另一边作战。我必须闯过这个庭院，同时不让自己变成一堆碎块，否则我就会失去对超级恶棍的控制。我避开伸缩人的金属腿，绕过不倒翁，把撕裂绳索当作弹弓将自己射了出去。在躲过一连串的火力对射后，我终于到了庭院另一边。

变身者们正在这里打得兴起。喷火将一队鲜血使徒困在一堵巨大的火墙后面。黑云覆盖了一群猎物。狂战士变成所向披靡的金刚猩猩，如果有小飞船突破了格蕾丝的飞行部队的封锁，往往会被他一拳打爆。而我要找的变身者正在和至高指挥官进行一场史诗级别的战斗。

奇迹捕手。

让我惊讶的是，至高指挥官在战斗中丝毫不落下风。他当然不是普通的光灵，但他的对手是掌握多种超能力，等级甚至可能达到四的奇迹捕手！这家伙到底有多强？

我决定找出这个问题的答案。

我的意识进入湮灭球，向奇迹捕手发出命令：**加强力量！加强力量直到你的极限！**

奇迹捕手顿了一下，随后就展开双臂。我感觉到一种陌生的意识从他的脑海中释放出来。他眼睛里的橙色能量骤然变强，向四周扩张，就好像他解除了某种封印，身体里的每一个细胞都打开了，正在全力吸收这个世界上所有的超级能量。通过他的意识，我能感觉到能量在他的血管中聚集。这种感觉太不可思议了，就好像他提升到了一个完全不同的等级。

他真的达到了第四等级！

现在，让我们看看这样的超能者能做出什么事来吧。

我发出进攻命令。奇迹捕手以我完全无法想象的速度冲向至高指挥官，巨大的力量将那个外星人撞进了他身后的建筑，那栋囚禁超能者的楼房在剧烈的撞击中轰然倒塌。奇迹捕手很快就从碎石瓦砾中飞出来，用连续不断的脉冲光束、冲击能量和高能闪电轰炸至高指挥官，爆炸产生的巨大气浪把建筑物的碎片吹得到处都是。

我命令奇迹捕手停止攻击。空气中弥漫着浓重的烟尘，我一时间什么都看不见。如果换作其他敌人，这场战斗应该结束了。但我知道，至高指挥官可不是普通角色。

就在这时，我感觉到脚下的地面开始震动。随着烟尘散开，我看到堆成小山般的钢筋水泥块像枕头一样被抛向四面八方。下一秒，一个非常大的生物冲上半空，又重重地落在地上，让地面出现了一大片裂痕。让我惊讶的是，这个生物根本不是至高指挥官。

这个生物足有两层楼高。乍看上去，它很像巨大的猿猴，双眼通红，绿色的毛覆盖着高高隆起的肌肉。它捶打胸膛，张开巨口，在震耳欲聋的吼声中露出尖刀一样的牙齿。随后，它的背上突然生出一对巨大的蝙蝠翅膀。它一振双翅，在我惊愕的目光中箭一般蹿上十几米的半空，正好撞在奇迹捕手的胸膛上，顶着奇迹捕手撞穿了一堵墙。

现在我才明白，为什么鲜血使徒能够横行全宇宙，无人可敌。根据凯明告诉我的情报，我猜这只是至高指挥官的恐怖变身之一。尽管奇迹捕手已经是第四等级的超能者了，我还是无法想象他该如何战胜这个骇人的怪物。

但奇迹捕手似乎对自己遭受的攻击全然不在意，而且立刻就有了新的行动——他眼睛中的橙色能量再度变强，吸收了更多的超级能量。他要干什么？难道是要达到第五等级？

外星怪物没有等奇迹捕手继续聚集能量，而是再次展开双翼，飞上天空。

奇迹捕手还没来得及发动攻击，身体却开始不自然地膨胀，肌肉的比例变得极不正常。看样子，他可能吸收了太多能量，已经超出了他的身体负荷极限。

我急忙收回刚才的命令：**停止吸收能量！停止吸收能量！**但已经太晚了，奇迹捕手完全无法动弹，看上去就像是一个巨大的气球。

外星怪物从天而降，落在奇迹捕手面前，张开大嘴狠狠咬了下去。

随后的爆炸异常剧烈。

我被气浪卷起，心中还能想到的只有攥紧湮灭球。我的身体重重地撞在某个坚硬的物体上，把肺里的空气都震了出去。

我发现自己躺在地上，几乎要被碎石埋住。但我还活着，只不过一只手断了，肋骨疼得要命。我把湮灭球按在胸前。不管怎样，我还没有把它丢掉。

爆炸产生的强光让我在几秒钟后才能看清周围的情况，而面前的情景让我简直无法相信自己的眼睛——以奇迹捕手为中心，半径二十米范围内的一切都被蒸发了，喷火、黑云、狂战士都不见了，剩下的只有……

"游戏结束了，地球人。"至高指挥官说道，"给我湮灭球，我可以让这个女孩活着。"

他就站在我面前大约两三米的地方。我不知道他是怎么在那样的爆炸中活下来的，但他就是还活着，身上甚至看不到伤口。不过我注意到，他的盔甲已经破烂不堪。更重要的是，他的头盔没了。他一定是在变身成巨兽的时候丢掉了头盔。看他现在这副样子，我应该能对他使用湮灭球了！但这时，我注意到了他的话，还有他手中的人。

他一只手抓着格蕾丝的身体，另一只手捏住了格蕾丝的脖子。一定是刚才奇迹捕手的爆炸将格蕾丝从天空中震了下来。现在，她只能在至高指挥官的指缝中挣扎着吸一口气。她眼睛里的恐惧，让我彻底明白了当前的状况。我不能冒险使用湮灭球。至高指挥官现在只要捏紧他的手指，就能立刻让我姐姐断气。

但我也不能把湮灭球交出去。

"如果我把这个球给你，你会把我们都杀死。"我说道。

"也许吧。不过我的任务毕竟不是摧毁你们的世界。我的目的只有两个，其中第一个已经实现了。在实现第二个目的前，我是不会离开的。"

我的血液开始沸腾："那么，我是否可以认为杀害一个女孩就是你的第一个目的？"

"凯明·日光背叛了光灵帝国。她在逃亡的时候杀死了五名守卫。她是一名危险的罪犯。"

"她是我的朋友，"我喊道，"我最好的朋友！她比你，比你们那个发臭的帝国和你们那颗发疯的行星都要好！"

至高指挥官面露微笑。现在我能清楚地看到他的脸，这种感觉非常奇怪——他看上去像是凯明的父亲，只不过下巴更加宽大，还有一道又长又大的疤痕从前额经过左眼，斜着延伸到面颊。

"我的手已经累了。"他说道，"所以，我建议我们讨论一下我的提议——你给我湮灭球，我把这个女孩给你。"

这时我察觉到所有战斗都停止了，每一个人都在看着我们，等待我的反应。整个宇宙的命运都取决于我的回应。

我用余光瞥到了爸妈担忧的神情。我需要更多时间思考，但我没有时间了。现在必须拖延时间。

"你能给我什么保证？"我问。

"我说的话就是保证。"至高指挥官说，"在我的世界，我们说出口的话就像你们的黄金一样。我告诉你，只要你给我湮灭球，我就和平地离开。"

如果要说我在这一连串事件中学到了什么，那我可以总结出两点。

第一，光灵的信用记录并不好。

第二，如果我不把湮灭球给至高指挥官，格蕾丝必死无疑。

我没有时间做周详的计划，但我知道，现在正拼命思考的不止我一个。

我将意识延伸出去。

"湮灭球，"我问道，"你真正的主人是谁？"

"你，艾略特·哈克尼斯。"湮灭球回答，**"你是我真正的主人。"**

"很高兴听到你这样说。一个非常好的朋友告诉过我，你曾经劝说一颗恒星自爆。这是真的吗？"

"是。"湮灭球回答，**"我那时很虚弱，没有一点力量。我说服那颗恒星放弃生命，这样我才能获得足够的能量，重新强大起来。"**

"那么，"我说，"你的确强大起来了——非常强大。那颗恒星是无私的，对吗？它为了这个伟大的事业牺牲了自己。"

"是的，是的，它是无私的。"

"你的决定是什么，地球人？"至高指挥官高声问道。

我看着格蕾丝惊恐的面容："命令你的人回到你们的战舰上去。全部回去，马上。"

"很好。"至高指挥官扬了扬眉毛，"你们，全部撤回战舰！"

鲜血使徒立刻服从他的命令，有序地撤回到各自的小飞船上，飞回了天空中的战舰里。现在只有至高指挥官和一艘小飞船还留在地面上。

"如何？"至高指挥官问我，"你要不要完成契约，并让我安全返回我的战舰？"

"首先，"我说，"放开那个女孩。"

至高指挥官放声大笑："你把我当傻瓜吗？我把女孩给你，你立刻就会用湮灭球攻击我。我们要同时交换。然后，你要保证我平安无事地回到战舰上。同意？"

我犹豫了片刻。我还能有什么选择？

"我会让你安全返回战舰。你回到战舰上之后，就要立刻掉头离开，返回你的星球，不能再伤害我的星球。同意？"

"同意。"他说道。

"我数到三。一——二——三！"

他将格蕾丝抛给我，我把湮灭球丢了过去。

格蕾丝落进我的怀里，全身软绵绵的，看上去一点力气都没有。"谢谢，"她哭着说，"谢谢你，艾略特。"

至高指挥官用双手抓住他的目标，悄声说道："湮灭球。"

"现在，走吧！"我命令道，"再也别回来！"

至高指挥官抬起头，露出一点吃惊的表情，仿佛忘记了我的存在："是的，我这样对你说过。"

"我也答应过你。"我将护盾盒也丢给他。

他接住护盾盒，犹豫了一下才将湮灭球放进去，把盒子紧紧盖上。

然后他点点头，转向自己的小飞船。我们看着那艘小飞船离开地面，回到了天空中的战舰里。

阿飘从一处墙角后面探出头来："呃，你刚刚是不是把整个人类世界送到死路上去了？"

"有可能，"我回答，"不过我不这么认为。"

就在这时，技术霸主从监狱楼中跑了出来："艾略特，我带着那些聪明的家伙修复了所有第三等级牢房。我真应该好好利用那些家伙的智力。现在，我们需要把这些恶棍再锁起来。我的活已经干完了。"

它跑进监狱楼里干了这个！天哪，我真爱这只老鼠。

我抬头望向天空。战舰已经转向，正在远离地球。我对那些光灵仍然没有多少信任，也许那艘战舰很快就会射出一束粗大的激光，把我们全都轰成碎片。

"爸爸，"我说，"你能不能带领其他人把那些恶棍关回牢房里？我建议你们尽快做好这件事。"

"当然，艾略特。"爸爸提高声音，"团队开始行动！"然后他又停下来，看着阿飘，"这个人呢？"

"他没事，让他跟着我吧。"

阿飘和我一起站在原地，看着战舰逐渐远去。

"等一下，"阿飘说，"你还在控制着那些等级三的家伙？"

"是的。"我告诉他。

"但你没有拿着湮灭球。"阿飘说。

"没有。我发现那东西用不着一直拿在手里。"

这时，光灵战舰启动加速引擎，眨眼间就从夜空中消失了。至高指挥官遵守了诺言，我也是。我让他平安回到了他的战舰上，我们的交易也就此结束了。

但我也答应过凯明，会完成她父亲的任务。这意味着我不能让湮灭球落入光灵皇帝的手中。

我闭上眼睛，将意识向湮灭球伸展过去。我还能感觉到我和湮灭球之间的联系。

"湮灭球，"我说，"时间到了。"

"是的。"湮灭球回应了我，**"我准备好了。"**

"谢谢你。**你将成为宇宙中最明亮的一颗星星，永远都是。"**

"永远不要显露软弱。"湮灭球说。

"是的，永远不要显露软弱。"

就在这时，在某个遥远的星系中，湮灭球牺牲了自己。一艘鲜血使徒的战舰在虚无中骤然绽放，变成了一朵灿烂的火花。

奇迹档案

哑剧大师

姓名：丹尼尔·金姆	身高：1.78米
种群：人类	体重：82千克
身份 / 状态：英雄 / 活跃	眼睛 / 头发：褐色 / 黑色

奇迹等级三 / 魔法

 极限能量操纵

 其力量源头为一个魔法护身符
 可依靠自己的想象力
 创造任何形态的固化能量体

能力评分

战斗力 86	
耐受力 81	领导力 71
策略 77	意志力 82

〈174〉

·尾声·

漫长的
三个月后……

我跳上指挥座椅，将奇迹超脑改成手动控制。今天是周五，这个晚上是一周中最忙碌的时候，希望能有好运气。这几个月里，我一直都没办法用右手。现在我终于摘下了石膏，正急不可耐地想要做些事情。

我把爆米花在旁边放好，用原点内部的摄像头进行了一遍彻底扫描，寻找任何可能潜入原点的敌人。当然，我找不到小影，谁也不知道它什么时候会把自己藏起来。我提醒自己，要让技术霸主在原点装上热成像摄像头。

爸爸正在实验室分析我的能力。自从禁地监狱一战之后，他和技术霸主就对我进行了一系列测试。很明显，他们认为我的能力和另一个超能者很像，那就是奇迹捕手。在测试中，他们认为以前对奇迹捕手的分类也许是个错误。于是，他们创造了一个新的分类。

他们管这个分类叫"奇迹控制"。

我还在尝试理解这种能力。奇迹捕手可以复制和使用其他人的超能力，而我可以在某种程度上操纵其他人的超能力，或者令其无效。一开始，这让我很惊讶。不过我很快便意识到，我的能力一直都存在。我回想起了在我身上连续发生的几件事——蠕虫想杀我，却根本无法使用自己的能力；电枪想要攻击我，发射的电流却从我身上弹开；还有奇迹捕手在抓住我的衣领时，本身的超能力一下子就不见了。

当然，最重要的一个事实是：我是唯一能够控制湮灭球的人。

还有一点很特别，那就是我的超能力似乎属于一种被动能力。它一直都存在，只是我从没有遭遇足够危险的情况，所以它一直不曾被激发出来。这让我不由得又开始去想，妈妈是不是从来都不知道我心里在想什么？一直以来都是我自己吓自己？

上帝给你关上门的同时，还会顺手用窗户夹一下你的头，又不告诉你。上帝很有幽默感。

我继续看着原点各处的摄像头画面。

说到妈妈，我在传送机房间里找到了她，她正在搬运从道具屋取过来的箱子。我们决定把道具屋卖掉。有了那次被第一等级的混混们闯进来的经历，我们觉得使用它已经不再安全了。谁知道那些混混把那个地方还透露给了其他什么人？所以我们正在打包搬家。当然，我们要清除那里的传送机对接点和其他一切特殊的痕迹。

现在格蕾丝和我在自由力量创立的家庭课堂学习。暗影鹰是我最喜欢的老师。他最大的爱好就是丢掉书本，带我们去格斗室接受真正的教育。所以我在格斗室找到他的时候，一点也不觉得奇怪。他和蓝闪电正在练习一些新招式。他们生成了一个机器人进攻的场景，比谁能更快地解决那些机器人。我知道蓝闪电是第三等级的超级速度拥有者，但我永远相信暗影鹰会赢。

技术霸主和哑剧大师在机库里。技术霸主拒绝让哑剧大师再驾驶飞船，除非他先完成至少 1000 个小时的模拟飞行练习。对此我表示理解。技术霸主用几个月的时间刚刚完成了自由之翼三号的制造。它一直说，这是它最优秀的作品。它说得没错，因为这艘飞船使用了光灵科技。

禁地之战结束后，我们将凯明的尸体埋到了她父亲身边，他们一同长眠在凯明父亲的飞船坠毁的地方。我认为，这对他们来说是最合适的安排。自由力量清理了这一区域，我们给了她一个英雄的葬礼。我一直在想她。她让我明白，坚定信念，绝不退缩，这是非常重要的事情。而最重要的一点是，永远要相信自己。

我的脑子里还盘旋着一个有些奇怪的想法——光灵皇帝肯定不会就此罢休，我们应该很快就能得到他的消息。有时候，我会在半夜惊醒，且一身冷汗。我知道自己做了噩梦，却又完全想不起在梦中经历了什么。妈妈告诉我不必担心，可能只是最近发生的事情给我带来了太大的压力。也许妈妈是对的，但每次我这样醒过来的时候，感觉都很怪异。

说到怪异，那就必须提一下格蕾丝。自从禁地之战后，她就像做了脑移植手术一样，一下子变成了我最好的朋友。我们开始一起出去玩，一起做各种事情，一起欢笑。不要误解，我们还是会有吵吵闹闹的时候，不过比以前少多了。我总是会用从至高指挥官手中救下她的那次经历取笑她，不过我也会告诉她，我很高兴能有她这样一位姐姐。

我终于在餐厅里找到了小影。看样子，它不会来偷我的爆米花了，因为它正在和阿飘分享一个圣代。经过一段时间的观察，我们都认为阿飘不算是一个很坏的人，只是不小心和错误的人混在了一起。所以，我们差不多算是接纳他了。他还不算是自由力量的正式成员，不过他每天都在证明自己。看样子，他的下一个挑战将是清理呕吐物——小影不会放过他的。

好吧，这只是原点平常的一天。

真希望能发生点什么事情。

"等级二干扰。"奇迹超脑突然开始叫唤，"能量信号识别为黑暗大锤。警报！警报！警报！"

是的！我终于要开始行动了！

我从椅子上跳下来，冲下楼梯，去任务室与团队成员会合。让我惊讶的是，除了我以外的所有人都已经赶到了那里。

"艾略特，"爸爸微笑着说，"既然你的石膏已经取下来了，团队为你准备了一样东西。"

格蕾丝站起身，递给我一个盒子："给，弟弟。这是老鼠和我一起为你做的。"

我打开盒子，里面是一套超能者制服。我的制服！

紧身衣和面具是深蓝色的，手套、靴子和斗篷都是红色的。衣服胸口位置是一个大大的、白色的"〇"，上面压着一道斜杠。一条金腰带上，有一个很大的"E"字（译者注："E"是艾略特名字的首字母）。它看上去真是酷毙了！

"好了，小子，"暗影鹰说道，"我猜你已经给自己选好称号了。"

"没错。"我笑着说，"现在你们可以叫我——零点超人。"

"零点超人？"爸爸问，"这是什么意思？"

"嗯，我就是零点。我能够将其他超能者变成'零'，我就是这种力量的原点！我从生下来一直都是'零'。现在我真的无法形容自己的心情有多棒！"

"零点超人，"妈妈说，"我喜欢这个名字。"

"好了，闲聊够了。"格蕾丝说，"该是零点超人首次登场的时候了，让我们看看你有多厉害。不过记住一点，不要把我的风头都抢了。"

她拥抱了我，大家都在欢呼。

于是，我成了自由力量的正式成员，并开始了我的第一个任务。从那天开始，我知道，只要有邪恶出现的地方，就会有我在。

奇迹档案

零点超人

姓名：艾略特·哈克尼斯	身高：1.42米
种群：人类	体重：40千克
身份 / 状态：英雄 / 活跃	眼睛 / 头发：褐色 / 褐色

奇迹等级三 / 奇迹控制	能力评分	
极限能力压制	战斗力 25	
极限能力复制	耐受力 12	领导力 55
无法抵抗任何非奇迹攻击	策略 65	意志力 77

奇迹能力术语

来自奇迹超脑：

已知的奇迹能力一共被分为八个类别。建立这种分类系统是为了简化对奇迹能力的识别，提供一个便捷的框架来帮助人们理解奇迹能力的强度和效果。

注：奇迹者可能拥有不止一个类别的能力。另外，一些奇迹者也会发生进化。他们的能力特征和效能都会随着时间发生变化。

***

奇迹能力由于范围很广，又被进一步划分为不同的等级，以表述各种能力的不同强度。以下是常用的等级：

· 等级零：无奇迹能力。

· 等级一：有限奇迹能力。

· 等级二：强大奇迹能力。

· 等级三：极限奇迹能力。

以下是八类奇迹能力的简单概括。

◈ 能量操纵

能量操纵是产生、塑造或者引导各种形式能量的能力。能量操纵者能够将能量聚焦或者重新定向于特定的目标之上；能够塑造或重新塑造能量，以实现特定的效果。能量操纵者一般不会受到他们所操纵的能量形态的影响。

能量操纵者一般会使用的能量包括但不限于：

· 原子

· 化学

· 宇宙

· 电

· 重力

· 热

· 光

· 磁

· 声音

· 空间

· 时间

注：一些变身者也能够操纵能量。能量操纵者和他们的唯一区别是，能量操纵者在产生或者转化能量的时候不会改变自己的身体结构或者分子状态。（请见：变身）

◈ 飞行

飞行指不需要外部力量（比如喷气背包）就可以飞行、滑翔或悬浮的能力。飞行能力可以通过多种方法实现，这些方法包括但不限于：

· **反转重力**

· **驾驭气流**

· **利用地磁场**

· **翅膀**

从只在地面以上几尺高到进入太空，奇迹者飞行的范围非常辽阔。

拥有飞行能力的奇迹者往往也会展示出超级速度。不过，我们通常很难判断超级速度是一种单独的奇迹能力，还是飞行能力和地球天然重力共同作用的复合效果。

◈ 魔法

魔法是一种涵盖范畴非常广泛的奇迹能力。它一般指利用某种外在魔法或神秘力量的来源引导能量。已知的外在魔法来源包括但不限于：

· **外星生命体**

· **黑魔力**

· **恶魔力量**

· **亡者灵魂**

· **神秘灵力**

标准的魔法能量都需要一个附魔物品进行引导。已知的附魔物品包括：

· **护身符**

· **书籍**

· **斗篷**

· **宝石**

· **法杖**

· **武器**

一些魔法师能将自己传送到他们的魔法源头所在的神秘领域。他们也许还能将其他人送进或送出这些领域。

注：魔法师和能量操纵者之间有一个根本的区别，魔法师通常是从某个神秘来源获取并引导力量，这种行为可能需要使用一件被施加过魔法的物品来实现。（请见：能量操纵）

◈ 变身

变身能力指各种与"变化"有关的奇迹能力，涵盖范围非常广泛，从身体变形到状态变化，不一而足，不过基本可以分为两个子类别：

- **肉体级别**

- **分子级别**

肉体级别变身通常指奇迹者改变身体特征，从而发挥自身力量。这时的变身者通常会保持原本的人类身体机能，同时又能展现出自己的力量（身体变形者除外）。典型的肉体级别变身包括但不限于：

- **隐形**

- **延展性**（弹性／可塑性）

- **机体副产物**（丝、毒素等等）

- **身体变形**

- **体积变化**（巨大化或微型化）

分子级别变身指的是变身者将组成自己身体的分子从有机体状态改变为某种非有机体状态，以发挥他们的能力。典型的分子级别变身包括但不限于：

- **火**

- **冰**

- **岩石**

- **沙**

· 钢铁

· 水

注：一些变身者能够模仿其他类型的奇迹能力，所以初次遇到变身者，可能很难正确识别。仔细观察他们运用能力的方式就变得至关重要。如果发现他们发生了肉体级别变化或者分子级别变化，你就能确认自己面对的是一名变身者。

◈ 精神力量

精神力量指的是将自身的意识作为武器。它包括两个子类别：

·**远程感应**

·**远程遥控**

精神力量超能者能够洞悉和影响其他人的思想。远程感应能力通常不会表现出对肉体的威胁，但这种能够穿透意识的力量往往能造成比物理攻击更具毁灭性的伤害。

远程遥控是用意念操纵物体的能力，常常是通过意念移动物体，而这些物体的重量往往不是只凭体力就能够承受的。许多具有远程遥控能力的人还能让物体以非常快的速度移动。

注：精神力量超能者最著名的特征是其远程攻击能力。在战斗中，应当尽可能首先压制具有精神力量的人。另外，精神力量超能者常常会因为过度使用自身力量而耗尽体力。

◈ 超级智力

超级智力的水平更高于普通天才的智力，其有多种表现形式，包括但不限于：

- · 超级分析能力
- · 超级信息综合能力
- · 超级学习能力
- · 超级推理能力

注：超级智力拥有者能够在技术、工程和武器开发等领域不断取得突破。拥有超级智力的人以创造新方法来做到以前不可能实现的事情而著称。在应对超级智力拥有者的时候，你应该在思想上做好准备，因为你很可能会面对前所未有的挑战。另外，超级智力拥有者可能会以各种形态出现。最高水平的超级智力起源于非人类生物。

◈ 超级速度

超级速度指的是远高于普通快速的身体移动速度。拥有超级速度的人通常也会拥有一些相关的能力，包括但不限于：

· 强化耐力

· 改变身体状态，穿过固态物质的能力

· 超级快速反应

· 时间旅行

注：拥有超级速度的人通常也拥有超强的新陈代谢能力，每分钟能够燃烧数千卡路里的热量，所以他们需要每天多吃很多食物来保持稳定的能量水平。据观察，拥有超级速度的人往往思维也异常敏捷，要跟上他们的想法可能会非常困难。

◈ 超级体能

超级体能指的是让肌肉发挥出超水准的力量。超级体能拥有者能够举起或者推动对其所属种群来说过于沉重的物体。不过这一范围非常广，从举起自身两倍重量的物体到改变行星运行轨道的难以想象的力量，都属于奇迹范畴的超级体能。

拥有超级体能的人通常也会拥有另一些相关能力，包括但不限于：

- 通过踩踏制造地震
- 强化跳跃
- 坚不可摧
- 通过拍手产生冲击波

注：拥有超级体能的人可能不是全身肌肉同等强大。据观察，一些人可能只是一条手臂或一条腿能够表现出超级体能。

奇迹档案相关属性

来自奇迹超脑：

除了需要对奇迹能力及其效果有足够的了解，我们还有必要知晓构成其核心效能的关键属性。在对抗奇迹者或者与奇迹者合作的时候，了解他们的关键属性能够帮助你更深刻地掌握他们的精神和战略潜力。

以下是五个关键属性的简要解释。对此你应该已经有所了解了。注：出现在每一份奇迹档案中的数据都来自对奇迹者实际活动情况的分析。

◈ 战斗力

在直接战斗中击败敌人的能力。

◈ 耐受力

承受严重消耗、压力和伤害的能力。

◈ 领导力

率领由不同特点的成员组成的团队，赢得胜利的能力。

◈ 策略

发现并成功利用敌人弱点的能力。

◈ 意志力

在身处劣势，面对无法克服的困难时坚持下去的能力。

感谢

如果没有一些英雄充满勇气的支持，我可能在这个系列出版前就被超级恶棍们踩在脚下了。我要感谢我的妻子琳恩（神奇女士），我的儿子马修（创造队长），还有我的女儿奥利维娅（鼓励少女）。我还要感谢所有关心艾略特和他的家人们的读者。你们都是超级英雄！